STAR WARS ®

LES OMBRES DE L'EMPIRE

Titre original :
Shadows of the Empire

Collection « SF » dirigée par
Jacques GOIMARD

Publié pour la première fois par Bantam Books, une division de Bantam Doubleday Dell Publishing Group Inc., New York.

Achevé d'imprimer en août 1997
par Maury-Eurolivres S.A.
45300 Manchecourt

Dépôt légal : septembre 1997.

POCKET - 12, avenue d'Italie - 75627 PARIS Cedex 13

Loi n° 49-956 du 16 juillet 1949 sur les publications destinées à la jeunesse : mars 1997.

ISBN 2-266-07554-3

CHRISTOPHER GOLDEN
D'APRÈS LE ROMAN DE STEVE PERRY

STAR WARS ®

LES OMBRES DE L'EMPIRE

Traduit de l'américain par
Gilles Dupreux

POCKET

LE CYCLE DE STAR WARS

DANS L'ORDRE CHRONOLOGIQUE DE LA GUERRE

AN 1	*La Guerre des Étoiles* George Lucas (Pocket)
AN 3	*L'Empire contre-attaque* Don Glut (Pocket)
	Les Ombres de l'Empire Steve Perry (Presses de la Cité)
	Les Ombres de l'Empire Christopher Golden (Pocket Junior)
AN 4	*Le Retour du Jedi* James Kahn (Pocket)
AN 5	*Trêve à Bakura* Kathy Tyers (Presses de la Cité)
	La Saga du Prince Ken Paul & Hollace Davids (Pocket Junior) 1. *Le Gant de Dark Vador* 2. *La Cité perdue des Jedi* 3. *La Vengeance de Zorba le Hutt* 4. *Le Prophète Suprême du Côté Obscur* 5. *La Reine de l'Empire* 6. *Le Destin du Prince Jedi*
AN 8	*Le Mariage de la Princesse Leia* Dave Wolverton (Presses de la Cité)

AN 9	*La Croisade Noire du Jedi Fou* Timothy Zahn (Pocket) 1. *L'Héritier de l'Empire* 2. *La Bataille des Jedi* 3. *L'Ultime Commandement*
AN 11	*L'Académie Jedi* Kevin J. Anderson (Pocket) 1. *La Quête des Jedi* 2. *Sombre Disciple* 3. *Les Champions de la Force*
AN 12	*Les Enfants du Jedi* Barbara Hambly (Presses de la Cité)
AN 14	*L'Étoile de Cristal* Vonda McIntyre (Presses de la Cité)
AN 18	*La Trilogie Corellienne* Roger McBride Allen (Pocket) 1. *Traquenard sur Corellia* 2. *Assaut sur Selonia* 3. *Bras de fer sur Centerpoint*
AN 23	*Les Jeunes Chevaliers Jedi* K. J. Anderson & R. Moesta (Pocket Junior) 1. *Les Enfants de la Force* 2. *Les Cadets de l'Ombre* 3. *Génération Perdue*

PROLOGUE

Quand il leva les yeux vers l'Empereur, un seul mot vint à l'esprit de Xizor : *vieillard.*

Décharné, maladif, quasiment cadavérique, le monarque aurait tout aussi bien pu être une momie.

L'illusion s'évanouissait dès qu'il bougeait. Décati mais bien vivant, l'Empereur était toujours l'homme le plus puissant de la galaxie. Xizor le regarda prendre place dans le champ d'une caméra holographique. Grâce à cette technique, chaque participant conversait avec une représentation en trois dimensions de son correspondant.

De sa position, Xizor pouvait espionner l'interlocuteur du maître. Que celui-ci l'ait autorisé à rester durant l'entretien était une preuve de grande confiance.

Un hologramme se matérialisa au centre de la pièce. Tout de noir vêtu, une cape sur les épaules, un casque brillant sur la tête, l'homme mit un genou à terre pour saluer l'Empereur.

Xizor reconnut immédiatement Dark Vador, son ennemi juré.

— Que puis-je faire pour vous servir, mon maître ? demanda Vador.

— Il y a eu une grande perturbation dans la Force... Presque une déchirure.

Sous la capuche de sa bure noire, les yeux rouges de l'Empereur brillaient intensément.

— Je l'ai sentie..., déclara Vador.

— Nous avons un nouvel ennemi : Luke Skywalker.

A ce nom, Xizor manqua sursauter. Bien des années auparavant, il le savait, Vador avait porté le même patronyme. Qui que soit ce Luke Skywalker, il devait être rudement important pour avoir retenu l'attention de l'Empereur.

Xizor parvint à cacher sa surprise. Comme tous ses congénères, il tirait une grande fierté de son impassibilité. Froids et insensibles, les Falleen avaient tendance à regarder de haut les autres espèces et à les considérer comme inférieures.

— Un nouvel ennemi, c'est vrai..., répéta Vador, songeur.

— Et il peut nous détruire tous...

Xizor eut du mal à en croire ses oreilles : l'Empereur avait peur. Jamais il n'aurait pensé cela possible.

— Il est bien jeune, dit Vador. Et Obi Wan n'est plus là pour l'aider...

A ce nouveau nom, Xizor serra les poings de colère. Décidément, ses espions ne valaient rien. Non content de ne pas l'avoir informé de l'existence de Luke Skywalker, ils lui avaient laissé penser qu'Obi Wan Kenobi, le légendaire Chevalier Jedi, était mort depuis des lustres.

Que d'erreurs ! Ces imbéciles payeraient bientôt leur négligence !

— La Force est avec lui, continua l'Empereur. Le fils de Skywalker ne doit pas devenir un Jedi du Côté Lumineux.

Le fils de Skywalker ? pensa Xizor. *Pourquoi n'avoir pas dit « le fils de Vador » ? Etrange...*

— Si je l'attire de notre côté, il sera un allié puissant ! affirma le Seigneur Noir, plein d'espoir.

— Bien sûr... bien sûr. Ce serait un atout pour nous... Mais est-il possible de le gagner à notre cause ?

— Il se joindra à nous, ou il mourra, maître, déclara Vador.

Xizor aurait juré qu'il mentait. A l'évidence, Skywalker senior n'avait aucune intention de tuer son fils.

Le Falleen était aussi connu sous le nom de Prince de la Mort. C'était le chef du Soleil Noir, la plus importante organisation criminelle de la galaxie. En tant que tel, il restait tout à fait étranger à la Force, le mystérieux pouvoir que détenaient l'Empereur, Dark Vador, Obi Wan Kenobi et le jeune Luke Skywalker.

Mais Xizor savait lire dans l'esprit des gens comme dans un livre ouvert. Vador voulait prendre Skywalker vivant — une découverte fascinante...

L'Empereur coupa la communication et se tourna vers son visiteur.

— Où en étions-nous donc, prince Xizor ? demanda-t-il.

Le Falleen sourit. Il était prêt à reprendre le cours de sa conversation avec le vieil homme, mais il n'oublierait pas de sitôt ce nom : Luke Skywalker.

CHAPITRE PREMIER

Chewbacca grogna et envoya les commandos de l'Empire voler dans les airs comme de vulgaires poupées. Hélas, les soldats en armure blanche étaient trop nombreux pour que le Wookie ait une chance de vaincre.

Yan Solo, son ami, allait bientôt être congelé dans la carbonite. L'opération risquait de le tuer...

Craignant que les commandos n'abattent froidement Chewie, Yan lui cria de se calmer.

— Vieux frère, remets le massacre à un autre jour ! Tu dois t'occuper de la princesse... Bon sang, tu m'entends ?

La princesse Leia regarda le Wookie couvert de poils puis le Corellien. Incapable de bouger, elle ne parvenait pas à croire que tout cela était réel. Vendus à Dark Vador par Lando Calrissian, un « ami » de Solo, les trois Rebelles se trouvaient dans une grande salle obscure, quelque part dans la Cité des Nuages. Bientôt, leur destin serait scellé.

Plissant les yeux, Chewbacca regarda Yan, l'infâme Lando, puis les techniciens et les soldats venus voir si le prisonnier survivrait à l'étrange expérience de Dark Vador.

Le Wookie chercha le regard de Leia. Hochant la tête, il accepta de se plier aux dernières volontés de son ami. Comprenant qu'il ne résisterait plus, les commandos s'empressèrent de lui passer les menottes.

Yan et Leia se regardèrent longuement. Le Corellien tira la princesse vers lui et l'embrassa. Excédés, les Impériaux séparèrent les deux jeunes gens et placèrent Solo sur la plate-forme qui le plongerait bientôt dans le puits rempli de carbonite.

Leia ne put retenir son cri plus longtemps.

— Je t'aime, Yan !

— Je sais, dit simplement le Corellien.

La plate-forme commença à descendre. Yan et Leia continuèrent à se regarder jusqu'à ce qu'un nuage de vapeur glacée leur bloque la vue.

Chewie grogna de nouveau, plus de chagrin que de colère.

Yan ! cria intérieurement Leia, qui tentait en vain d'apercevoir son bien-aimé.

Oh ! Yan !

Leia s'éveilla en sursaut du cauchemar et s'assit dans son lit. Le cœur battant la chamade, elle tenta de chasser le souvenir de ce mauvais rêve.

Hélas, il ne s'agissait pas d'un songe. Yan Solo, l'homme qu'elle aimait, était vraiment prisonnier d'un bloc de carbonite qu'un chasseur de primes s'était approprié pour le livrer à son client, à l'autre bout de la galaxie.

Par la fenêtre, la princesse regarda les étoiles qui

brillaient dans le ciel de Tatooine. A force de volonté, elle parvint à refouler ses larmes. Que diable, elle était Leia Organa, princesse de la famille royale d'Alderaan, membre du Sénat impérial et ardente partisane de l'Alliance Rebelle, qui luttait pour restaurer la République !

Alderaan, son monde natal, avait été détruit par Vador et l'Etoile Noire. A ce jour, le Sénat n'était plus qu'une assemblée de fantoches. Quant aux Rebelles, tragiquement mal équipés, ils combattaient l'Empire à un contre dix mille...

Pourtant Leia restait telle qu'en elle-même. Il n'était pas question de pleurnicher.

Un jour, grâce à elle, l'Alliance et l'Empire combattraient à armes égales !

A trois heures du matin, la population de Tatooine dormait à poings fermés.

Pas Luke Skywalker.

Debout sur une plate-forme, les pieds nus, à soixante mètres du sol, le jeune homme regardait le filin tendu devant lui.

Soufflant par rafales, le vent du désert faisait danser ses vêtements noirs, un peu trop amples pour lui. Depuis le duel où Dark Vador lui avait coupé une main à ras du poignet, Luke ne portait plus de sabrolaser au côté. Une prothèse remplaçait sa main perdue, mais se procurer une autre arme n'était pas aussi facile. Occupé à s'en fabriquer une, l'aspirant Jedi n'était pas encore arrivé au bout de ses peines.

Durant la journée, Luke avait vu les funambules réussir des prodiges sur leur fil. A cette heure, la fête marquait une pause. Dans les tentes, les lumières étaient éteintes ou tamisées. Skywalker était seul dans la nuit... Seul avec le silence...

Le jeune homme étudia une nouvelle fois le filin. A cette hauteur, et sans filet, une chute le tuerait à coup sûr. Pourtant, il devait essayer !

Recourant aux méthodes de relaxation et de maîtrise de soi apprises d'Obi Wan Kenobi — mieux connu sous le nom de « Ben » — et du maître Jedi Yoda, Luke parvint à se calmer. Un résultat appréciable, d'autant que sa formation de Jedi n'était pas terminée...

Il repensa à son duel avec Dark Vador, et revécut le moment où le bras droit de l'Empereur avait prétendu être son père. Ça ne pouvait être vrai !

Mais si ça l'était, que ferait-il ?

Luke chassa cette pensée. L'heure n'était pas aux questions. S'il voulait être utile à quelque chose, il devait apprendre à maîtriser ses pouvoirs de Jedi.

Pour l'heure, croire en la Force et avancer sur le filin était son défi. Après s'être concentré pour appeler à lui l'énergie bienfaisante — qui lui sembla comme toujours chaude et lumineuse —, il s'en enveloppa.

Une fois encore, la Force avait consenti à lui répondre !

Quelque chose d'autre rôdait autour de lui. Tapie dans les ombres, hors d'atteinte, une énergie glaciale et destructrice le guettait, rigoureuse antithèse de tout ce que ses professeurs lui avaient enseigné. S'abreuvant à cette source, Dark Vador en tirait sa formidable puissance.

Le Côté Obscur...

Non ! pensa Luke.

Mobilisant sa volonté, il repoussa la tentation de céder au Côté Obscur. Puis il respira un grand coup, se drapa de nouveau dans la Force et commença à marcher sur le fil.

Comme c'était facile ! A croire qu'il se déplaçait le long d'un trottoir.

A mi-chemin, le jeune homme se mit à courir. Pour se rassurer, il tenta de se convaincre que cela faisait partie de l'épreuve. D'ailleurs, la Force n'était-elle pas avec lui, interdisant qu'il bascule du mauvais côté, comme l'avait fait son père ? Pour un Chevalier Jedi, rien n'était impossible, n'est-ce pas ?...

A force de raisonnement, Luke parvint à ne pas s'avouer pourquoi il courait. Mais derrière lui, le Côté Obscur gagnait du terrain, menaçant de le rattraper s'il s'autorisait une halte...

Assis dans une pièce plongée dans la pénombre, Xizor regardait les holoprojections d'une belle brochette de tueurs à gages. Mais lesquels choisir ?

Les candidats lui étaient présentés par Guri, son garde du corps et sa confidente.

— On prend ceux-là ! cria le prince, satisfait par les derniers postulants.

Guri s'éclipsa pour se charger de la phase pratique du recrutement.

Elle ressemblait à une superbe jeune femme, mais elle n'était pas humaine. C'était un réplico-droïd. Il en existait fort peu, Guri étant l'unique modèle programmé pour tuer. Elle avait coûté neuf millions de crédits au Falleen, si riche qu'il n'attachait aucune importance à l'argent.

Seul le pouvoir comptait !

Les lointains ancêtres des Falleen étaient des reptiles. Après des millions d'années d'évolution, l'espèce était devenue une des plus belles variétés d'humanoïdes de la galaxie.

Agé de plus de cent ans, Xizor en faisait à peine trente. Grand et beau, il portait une queue-de-cheval qui prenait naissance au sommet de son crâne rasé. A le voir et à sentir sa peau, la plupart des humaines cédaient instantanément à son charme. Souple et puissant, il pouvait d'un coup de pied faire sauter dans les airs un fruit posé sur la tête d'un humanoïde de bonne taille. Très costaud, il parvenait à soulever au-dessus de sa tête des charges faisant plus de deux fois son poids. Tout ça sans verser une goutte de sueur, bien sûr.

Pour lui, ces aptitudes étaient tout au plus des « gadgets ».

Sur la liste des puissants de la galaxie, Xizor occupait la troisième place, derrière l'Empereur et Dark Vador. Et si son plan marchait comme prévu, il ne tarderait pas à gagner du galon.

Des mois plus tôt, le Falleen avait entendu Vador et l'Empereur évoquer un certain Luke Skywalker. Depuis, il complotait. Aujourd'hui, le temps de passer à l'action était venu. Encore une heure, et il irait au rendez-vous le plus important de sa longue vie.

Il laissa les minutes passer et attendit en silence.

Puis, comme à un signal, il se leva. C'était le moment d'aller voir Vador.

En se rendant chez son rival, Xizor avait bien conscience de lui concéder un léger avantage. Mais cela importait peu ! Si le plan réussissait, personne ne saurait jamais que le profond respect qu'il témoignait au Seigneur Noir était pure hypocrisie.

Oui, nul ne s'en douterait...

Leia était assise à une table, dans un des bars les

plus malfamés de Mos Esley. L'endroit avait la réputation d'être « chaud », autant à cause de l'air brûlant du désert qui s'infiltrait par les fenêtres que de la racaille habituée à y traîner ses guêtres.

La princesse aurait parié que Lando Calrissian avait choisi cet endroit sciemment, histoire de l'embêter. Un temps, elle avait détesté l'ancien gouverneur de la Cité des Nuages. Puis elle avait enfin compris : Lando avait bien trahi Yan, mais cela avait été une ruse destinée à les sauver des griffes de Dark Vador. Ce jour-là, Calrissian avait perdu beaucoup — entre autres son poste — et ils lui devaient une fière chandelle.

Leia était ravie que Chewie occupe un siège à côté d'elle. Dès qu'un homme approchait, le Wookie grognait, le décourageant sans peine.

Après leur dernier combat contre Dark Vador, son ange gardien poilu l'avait laissée avec Luke afin de se rendre avec Lando sur Tatooine, où il espérait secourir Yan. Depuis l'arrivée de la princesse, il ne la quittait plus d'un pouce. Apparemment, il avait décidé de veiller sur elle jusqu'à la fin des temps — ou du moins jusqu'à la libération de Solo.

— Je vous offre un verre, belle dame ? demanda quelqu'un derrière la jeune femme.

Leia se retourna. C'était Lando. Furieuse contre lui, elle était néanmoins très contente de le revoir.

— Comment êtes-vous entré ? demanda-t-elle.

— Par la porte de derrière...

Lando sourit. C'était un fort bel homme et il le savait.

Derrière lui, Leia aperçut les droïds de Luke, D2-R2 et Z-6P0. Le dôme optique de D2 pivota, scannant la salle avec force bips électroniques ; bien qu'il lui fût impossible de changer d'expression, 6P0 réussissait l'exploit de paraître nerveux.

D2 émit un long sifflement.

— Oui, j'ai vu..., dit 6P0. (Il marqua une courte pause.) Messire Lando, je crois que nous devrions attendre dehors. Les gens n'ont pas l'air d'aimer les droïds, dans cet établissement. Nous sommes les seuls à la ronde, et...

— Calme-toi ! répliqua Lando avec un sourire. Personne ne t'ennuiera. Je connais le patron. (L'ami de Yan retrouva son sérieux.) Leia, je suis venu vous dire que nous avons peut-être repéré le vaisseau de Boba Fett.

Un espoir fou submergea Leia. Fett était le chasseur de primes qu'ils poursuivaient pour libérer Yan. S'ils ne parvenaient pas à le coincer, ce bandit livrerait le Corellien à Jabba le Hutt, qui possédait un somptueux palais sur Tatooine. Intercepter le mercenaire leur éviterait d'affronter Jabba, un adversaire qu'ils n'étaient pas du tout sûrs de vaincre.

Mais ce Boba Fett de malheur n'avait toujours pas rejoint la planète.

— Où serait-il, d'après vous ? demanda la princesse.

— Sur une lune appelée Gall, dans un des systèmes de la Bordure Extérieure. Un vieux copain de jeu à moi, Dash Rendar, vérifie l'information pour nous.

— Parfait. Dans combien de temps aurons-nous la réponse ?

— Quelques jours...

— Tout vaudrait mieux que d'attendre ici, marmonna Leia avec un regard dégoûté autour d'elle.

— Gall est sous le contrôle de l'Empire, dit Lando, soucieux. Deux destroyers patrouillent dans le coin, sans compter un essaim de chasseurs Tie. Si le vaisseau de Fett est vraiment là, l'approcher ne sera pas facile.

— Y a-t-il eu quelque chose de *facile* depuis que je vous ai rencontré ? demanda Leia.

Pour une fois, Lando ne sut pas quoi dire...

Xizor laissa ses quatre gardes du corps dans l'antichambre et entra dans la salle d'audience de Dark Vador. Versés dans les arts martiaux, ses hommes portaient tous un blaster dont ils se servaient en excellents professionnels. Pourtant, si Vador entendait lui nuire, avoir avec lui quatre soldats ou quarante n'y changerait rien. Grâce à la Force, le second de l'Empereur pouvait bloquer un rayon laser avec son sabrolaser et tuer un adversaire en pointant un index sur lui. Et si l'envie lui en prenait, il pouvait aussi, par la pensée, obliger le cœur d'un ennemi à cesser de battre, ou ses poumons à ne plus aspirer d'air. Personne ne traitait sur un pied d'égalité avec Vador. Quant à le défier ouvertement...

Par bonheur, Xizor bénéficiait de la protection de l'Empereur. Tant qu'il en irait ainsi, Vador n'oserait pas s'en prendre à lui.

La salle d'audience était des plus dépouillées : des chaises, une table, un holoprojecteur... On eût en vain cherché des signes de la fortune de Vador, quasiment comparable à celle du Falleen. Comme le Prince de la Mort, le second de l'Empereur se souciait fort peu de l'argent.

A l'autre extrémité de la pièce, la cloison coulissa

en silence. Vador entra, très impressionnant avec sa cape et son uniforme noirs. Sa respiration, rauque et saccadée, s'entendait malgré le casque qui lui dissimulait le visage.

Xizor s'inclina.

— Seigneur Vador, vous avez demandé à me voir... En quoi puis-je vous être utile ?

Vador avança lentement vers le Falleen.

— Je désire fréter une flotte commerciale pour livrer du matériel et des vivres à nos bases de la Bordure. Bien entendu, c'est une commande de l'Empereur...

— Seigneur, tous mes navires sont à votre disposition ! Quand il s'agit d'aider l'Empire, m'a-t-on déjà entendu refuser ?

Xizor était un criminel, mais il ne crachait pas pour autant sur les affaires légales. Dans cet ordre d'idées, il possédait une entreprise, la Société de Transport Xizor — STX pour les initiés —, qui comptait parmi les fournisseurs réguliers de l'Empire.

Vador et Xizor se jouaient la comédie du respect. En réalité, ils se méfiaient l'un de l'autre et chacune de leurs rencontres ressemblait plus à un bras de fer qu'à une conversation de salon.

Le Falleen eût donné sa tête à couper que Vador le considérait comme un ennemi potentiel. Pour sa part, il haïssait le second de l'Empereur.

Dix ans plus tôt, Dark Vador commandait un laboratoire de recherches militaires sur le monde natal de Xizor. Lâché dans l'atmosphère par accident, un virus expérimental avait provoqué une effroyable épidémie. Afin qu'elle ne s'étende pas à toute la planète, Vador avait ordonné la destruction de la ville voisine du laboratoire. Deux cent mille personnes avaient été tuées par les tirs de laser des destroyers qui gravitaient autour de Falleen. Parmi les victimes se trouvaient le père et la mère de Xizor, son frère, ses deux sœurs et trois de ses oncles. Eût-il été présent que le prince aurait péri avec eux.

L'Empire — et surtout Vador — avait sacrifié deux centaines de milliers de vies pour en sauver des milliards. En termes statistiques, c'était une excellente opération.

Pour Xizor, il en allait tout autrement...

Jamais il n'avait évoqué la tragédie. Comme il avait effacé les noms de ses proches de la liste des morts, nul ne pouvait savoir qu'il avait des raisons personnelles d'en vouloir à Dark Vador. Car la vengeance, pour lui, était un plat qui se mangeait froid...

L'heure était presque venue. Bientôt c'en serait fini du Seigneur Noir. Avec lui disparaîtraient le gêneur qui l'empêchait d'avoir plus de pouvoir *et* l'assassin de ses parents.

Le prince n'avait pas l'intention de tuer Vador. Pour un tel monstre, la mort était une trop douce punition. De plus, la chose n'eût pas été sans risque. Pour le second de l'Empereur, connaître la disgrâce serait un destin plus atroce. Etre abandonné par son maître le détruirait.

Une manière élégante de faire justice...

— Nous aurons besoin de trois cents navires, dit Vador, tirant le Falleen de ses pensées. La moitié équipés de citernes. Vous aurez un contrat impérial standard. Nous avons un vaste projet de... *construction...* Mais vous êtes au courant, je crois. Pourrez-vous fournir les vaisseaux ?

— Oui, seigneur. Précisez où et quand il vous les

faut, et je m'arrangerai du reste. Quant au contrat, je fais confiance à l'Empire...

Vador se tut un moment. Seul le bruit de sa respiration troublait le silence.

Il ne s'attendait pas à ça, pensa Xizor. *En ne discutant pas, même sur le prix, je l'ai déconcerté. Parfait !*

— Très bien, dit Vador. L'amiral qui commandera la flotte vous contactera pour les détails...

— Servir l'Empire est un honneur pour moi...

Xizor s'inclina de nouveau, un peu plus bas que la première fois, et avec plus d'onction.

Sans ajouter un mot, Vador tourna les talons et quitta la salle.

Quiconque eût assisté à cette scène aurait trouvé son comportement fort discourtois comparé à celui de son interlocuteur.

Xizor s'autorisa un petit sourire.

Tout se déroulait selon le plan.

CHAPITRE II

Dans la maison qui appartenait jadis à Ben Kenobi, Luke cessa un moment de travailler sur son futur sabrolaser. La vieille demeure se dressait à la lisière de la Mer de Dunes de l'Ouest. Solidement bâtie, elle résistait à merveille aux tempêtes de sable.

Luke songeait à Ben, tué par Vador sur l'Etoile Noire.

Soudain, il *sentit* quelque chose.

C'était comme entendre, respirer, goûter et voir simultanément. En même temps, ça n'avait aucun rapport avec ces quatre sens...

Quelque chose approchait...

La sensation se fit plus forte. Un instant, Luke crut reconnaître quelqu'un.

Leia ?

Il avait pu la contacter au moment où il avait failli tomber dans le vide, dans la Cité des Nuages, après son duel avec Dark Vador. Et la princesse avait entendu son appel au secours.

Luke prit son blaster et sortit. Quand son sabrolaser serait en état de fonctionner, il espérait pouvoir se débarrasser de cette arme rudimentaire. Selon Ben, un vrai Jedi se contentait de sa lame pour se protéger.

Le jeune homme soupira. Avant qu'il en soit à ce niveau, de l'eau coulerait sous les ponts...

Un vent très chaud soufflait du désert, lui desséchant la peau. Dans le lointain montait un nuage de poussière.

Parti de Mos Esley, quelqu'un cheminait dans la fournaise.

Dans ses appartements privés, l'Empereur regardait un enregistrement holographique grandeur nature. Dans un couloir « haute sécurité » du Palais Impérial, le prince Xizor affrontait un homme qui essayait de l'assassiner.

Le tueur n'avait pas une chance. Trois secondes suffirent à sceller son destin.

L'Empereur sourit puis fit pivoter sa chaise antigrav vers Dark Vador.

— Eh bien, dit-il, il semble que le prince n'ait pas perdu la main. Qu'en penses-tu ?

— C'est un homme dangereux, maître, et indigne de confiance.

L'Empereur gratifia son second d'un de ses sourires de prédateur.

— Ne te soucie pas du prince, seigneur Vador. J'en fais mon affaire.

— Comme vous voudrez, maître.

Vador s'inclina.

— On pourrait se demander comment un tueur a pu s'introduire dans le Palais. Il est si bien protégé...

A son ton, l'Empereur n'avait pas le moindre doute sur la réponse.

Vador retint son souffle. Le vieil homme savait ! Nul n'aurait dû s'en douter, car il avait tué de ses mains le garde payé pour laisser entrer l'assassin. Pourtant, l'Empereur savait !

— Je ferai une enquête, maître.

— Inutile de perdre ton temps. Il n'y a pas eu de casse, après tout. Mais... hum... je détesterais qu'il arrive au Falleen quelque chose tant qu'il peut m'être utile.

Vador s'inclina une nouvelle fois. Le message de l'Empereur était clair. A partir d'aujourd'hui, il ne serait plus question de mettre à l'épreuve les compétences de Xizor face à une attaque mortelle.

Du moins jusqu'à nouvel ordre...

Alors que leur landspeeder approchait de sa destination, Leia aperçut Luke sur le seuil de la maison. Sans doute avait-il senti qu'ils venaient. Le pouvoir de la Force ne cessait jamais d'étonner la jeune femme.

Chewie fit stopper le véhicule. Le vent du désert eut tôt fait de disperser le nuage de poussière soulevé par le speeder.

— Salut, Luke ! dit Lando.

Chewie grogna un salut à sa façon.

— Messire Luke, quel plaisir de vous revoir ! s'exclama 6P0.

Même D2 y alla d'un joyeux concert de bips.

Ils aimaient tous Luke. Sans doute avait-il quelque chose de spécial. C'était peut-être à cause de la Force qui coulait en lui. Ou parce qu'il avait l'air si... bon.

— Entrez, les amis, dit-il, chaleureux comme à son habitude.

Quand ses compagnons lui eurent dit pourquoi ils venaient, le jeune homme ne tint plus en place.

— Attends un peu avant de sauter dans ton aile X, lui conseilla Lando. D'abord, nous devons être sûrs que Fett est là-bas. Ensuite, il y a le problème des vaisseaux impériaux.

— Foutaises ! On passera sous le nez de ces crétins sans qu'ils nous voient !

Chewie émit une série de grognements que 6P0 traduisit :

— Chewbacca estime que l'Alliance Rebelle devrait nous aider, eu égard aux services que Yan lui a rendus.

Luke sourit comme un enfant qui reçoit un nouveau jouet.

— Bien sûr ! Wedge a un poste important, à présent. Il commande une escadrille de chasse. Si j'ai besoin de lui, il m'a promis d'arriver en courant avec ses hommes.

— Ils peuvent laisser tomber leurs affaires en cours si facilement ? demanda Lando.

— C'est tout à fait possible, dit Leia. Son escadrille n'a pas d'affectation permanente, et je suis sûre de pouvoir convaincre l'Alliance que le capitaine Solo mérite d'être secouru.

— Excellent ! approuva Luke. Mettons ce plan à exécution.

— Le *Faucon Millenium* est prêt à appareiller, dit Lando. Combien de temps te faut-il pour préparer ton aile X au décollage ?

— Je vous rejoindrai en orbite, répondit Luke.

Un grand sourire se dessina sur ses lèvres. Ils en avaient fini avec l'attente !

— Je vais envoyer un message codé à Wedge, dit la princesse.

Luke hocha la tête.

Ils allaient sauver Yan !

— As-tu des informations complètes sur Luke Skywalker ? demanda Xizor.

— Oui, prince, répondit Guri.

Xizor lâcha un grand soupir. Il était à la tête d'une colossale organisation et des dizaines de milliers d'hommes travaillaient pour lui. Mais il lui fallait encore s'occuper en personne de certains sujets. Surtout quand ils étaient aussi délicats que l'affaire Skywalker.

— Le matériel a été vérifié et revérifié ? demanda-t-il.

— Oui, comme vous l'avez ordonné...

— Parfait. Lâchons la meute de chasseurs de primes !

Vador voulait Skywalker vivant pour le livrer à l'Empereur.

Mais le Soleil Noir avait le bras long. Toutes les informations concernant le jeune homme étaient à présent dans l'ordinateur de Xizor.

Bien que l'Ordre ait disparu, le jeune Skywalker se considérait apparemment comme un Chevalier Jedi. Quelques mois plus tôt, il avait participé à l'attaque de l'Etoile Noire. Ses plus proches compagnons étaient la princesse Leia Organa, un Wookie nommé Chewbacca et Yan Solo, un contrebandier converti à la cause des Rebelles.

Congelé dans la carbonite, Solo devait être livré à Jabba le Hutt par un certain Boba Fett. Mais le chasseur de primes n'était toujours pas arrivé sur Tatooine.

Le prince aurait parié sa fortune que Skywalker allait tenter de sauver son ami. Manque de chance, les espions du Soleil Noir ignoraient où se trouvait Fett.

Vador avait juré de ramener Skywalker *vivant*. S'il échouait, l'Empereur ne le lui pardonnerait pas.

Après tant d'années, Xizor tenait le moyen d'abattre l'assassin de sa famille.

La fin de Luke Skywalker signerait l'arrêt de mort de Vador.

— Guri, fais savoir aux tueurs à gages qu'ils ont intérêt à localiser Boba Fett s'ils veulent gagner le gros lot. Tôt ou tard, Skywalker s'approchera du chasseur de primes... (Le prince sourit.) Alors, nous lui tomberons dessus !

CHAPITRE III

Le *Faucon Millenium* et l'aile X de Skywalker sortirent de l'hyperespace à peu de distance l'un de l'autre. Pour approcher de Gall, Luke préférait garder son petit navire sous l'aile protectrice du *Faucon*. L'escadrille de Wedge — les Baroudeurs — apparut sur son écran au moment où sa radio bipa.

— Salut, Luke ! Bienvenue au fin fond de la galaxie !

— Salut, Wedge ! Comment ça va, mon vieux ?

— Couci-couça... Le travail est dur, mais la paye est bonne. Avant impôts, bien sûr !

Luke sourit de bon cœur. Pilote de l'Alliance, Wedge Antilles avait survécu à la bataille de l'Etoile Noire, une référence qui se passait de commentaires. Rudement doué aux commandes d'un chasseur, il faisait montre d'un courage bien supérieur à la moyenne.

Sacré vieux Wedge !

Les Baroudeurs se mirent en formation, sur la droite de l'aile X.

— Suis-nous, Luke, dit Wedge. Nous avons notre QG sur Kile, une petite lune qui gravite autour de la même planète que Gall. On est super bien installés : air, gravité, eau... Tout le confort d'un palace.

— Confortable, ça ? s'étrangla Leia quand elle découvrit le bâtiment en préfabriqué qui tenait lieu de QG aux Baroudeurs.

Composé de quatre murs et d'un toit, le « palace » ressemblait à un croisement entre un entrepôt et un hangar.

— J'espère ne jamais fréquenter un endroit que vous jugerez inconfortable..., conclut Leia.

Wedge les conduisit dans un coin de la bâtisse, où se trouvaient une table et un holoprojecteur. Un homme était vautré sur une chaise, l'air tout à fait endormi. Bien qu'il eût des cheveux roux et le teint pâle, sa façon de s'asseoir rappela Yan à la princesse.

L'homme ouvrit soudain les yeux et bondit sur ses pieds en un éclair. Grand et mince, il avait de beaux yeux verts et portait son blaster bas sur la hanche, comme un vrai pro. Théâtral, il fit une révérence.

— Princesse Leia ! déclara-t-il. Quel honneur de vous voir visiter notre humble château !...

D'un geste, il désigna l'immense salle vide.

Leia hocha la tête, quelque peu accablée. A présent, il lui rappelait *vraiment* Yan. Ces aventuriers de l'espace prenaient-ils des cours pour avoir le même humour idiot ?

— C'est mon agent de renseignements, Dash

Rendar, dit Lando. Voleur, tricheur, contrebandier, et assez bon pilote...

— Que veux-tu dire par « assez bon », Calrissian ? demanda Rendar avec un grand sourire. A côté de moi, tu es un débutant.

— Et pour la modestie, lança Leia, vous ne craignez personne !

Dash fit une autre révérence.

— Je vois que la princesse à un œil d'aigle en plus d'un visage de déesse.

Misère, songea Leia. *Ce bouffon est censé nous conduire jusqu'à Fett ?*

— Où en est l'étude de la mission ? demanda Luke.

— Nous avons fait quelques vols de reconnaissance, dit Wedge. (Il s'approcha du projecteur.) Si vous voulez voir...

Il leur montra les cartes holographiques et les images filmées de la lune où le navire de Boba Fett faisait peut-être escale. L'Enclave Impériale de Gall était le port d'attache de deux destroyers. Chacun transportait soixante-douze chasseurs Tie. Cela faisait cent quarante-quatre appareils contre les douze des Baroudeurs. Treize en comptant l'aile X de Luke. Ils allaient donc lutter à un contre douze, à une minuscule décimale près. Par le passé, ils avaient connu pire.

— Alors, Luke, qu'en dis-tu ? demanda Wedge.

— Un jeu d'enfant, répondit Skywalker. Je sais comment nous allons nous y prendre...

Leia et Lando le regardèrent comme s'il s'était transformé en araignée géante.

Souriant, le jeune Jedi leur expliqua son plan.

— Rien que ça ? s'esclaffa Leia quand il eut terminé.

— Quelque chose ne te plaît pas ?

— Les Baroudeurs et toi attaquerez l'Enclave Impériale pour faire diversion. Cent quarante et quelques chasseurs Tie, plus deux destroyers ! Un détail ! Pendant ce temps, Dash guidera le *Faucon* jusqu'au vaisseau de Fett. Ensuite, Lando et lui libéreront Yan et repartiront. Qu'est-ce qui pourrait ne pas me plaire là-dedans ? Rien ne peut mal tourner. C'est génial !

Accablée, la princesse lâcha un grand soupir.

— C'est bien ce que je disais. Mon plan est un chef-d'œuvre de...

— ... débilité, coupa Leia.

Luke serra les mâchoires. Comment ça ? Elle l'insultait ?

Leia l'avait déjà vu prendre cet air-là. Pour sûr, il n'était pas content.

— Tu as peut-être une meilleure idée ? grinça-t-il.

Leia soupira de nouveau. C'était bien le problème : elle n'avait pas l'ombre d'une proposition.

— Ne croyez pas que je veuille mettre de l'huile sur le feu, dit Dash, mais pour me suivre en territoire ennemi, il faudra savoir vachement bien piloter. Tu crois que tu pourras t'en sortir, Lando ?

— Affirmatif, dit Calrissian. Si un type comme toi peux le faire, un gentleman de ma trempe n'aura aucun problème.

Tout le monde sourit. Pourtant Luke ne se sentait pas aussi confiant que ses amis. Bien sûr, c'était son plan, et il savait qu'il marcherait. Mais tout reposait sur Dash Rendar, qui détenait les informations clés.

Quant à ses talents de pilote, essentiels pour la réussite de l'opération, comment savoir s'ils n'étaient pas pure vantardise ?

Lando affirmait que Dash serait fiable tant qu'il s'estimerait assez bien payé.

Luke n'aurait pas parié sa chemise là-dessus.

— Baroudeur Leader à escadrille, dit Luke. Formation d'attaque !

Tous les pilotes accusèrent réception de l'ordre. Ils étaient fin prêts. Un des deux destroyers leur faisait face, immobile.

De ses flancs jaillirent des chasseurs Tie semblables à un essaim d'abeilles.

— Les voilà ! lança Baroudeur Six.

C'était Wes Janson, un solide vétéran.

— Je les vois, Wes, dit Luke. Préparez-vous, les gars. Vitesse maxi. Faites un carton sur tout ce qui apparaît dans vos viseurs.

— Super ! cria un des gars dans sa radio.

Luke ne put s'empêcher de sourire. En toute logique, il aurait dû dire à l'homme — Baroudeur Cinq, croyait-il, un nommé Dix — de garder pour lui ses commentaires, mais il était trop proche des pilotes pour ne pas les comprendre.

— Soyez prudents, les amis, dit-il.

Puis la bataille commença.

Dans l'étroite cabine de pilotage du *Faucon Millenium*, Leia, serrée entre Lando et Chewie, essayait de se faire aussi petite que possible. 6P0 se tenait derrière eux, sur le seuil de la porte.

— Maître Lando, soyez prudent ! Nous passons terriblement près de la cime de ces arbres !

— Sans blague ? Je n'avais pas remarqué...

Devant eux, à quelque deux cents mètres, Dash Rendar pilotait son vaisseau, le *Cavalier*. Le bougre rasait les arbres comme s'il avait voulu cueillir des fruits au passage.

— Un peu plus près, et le *Faucon* aura des rayures vertes sur la coque, dit Leia.

— Pas mal vu, princesse ! approuva Lando. Dash m'avait prévenu que nous allions voler en rase-mottes, mais à ce point, c'est de la folie...

— Qu'a-t-il dans le ventre ? demanda Leia. Qu'essaye-t-il de prouver ?

— Vous n'avez jamais entendu parler de l'histoire des Rendar ?

— Aurais-je dû ?

— Dash a fréquenté l'Académie Stellaire Impériale un an ou deux après Yan. Sa famille était plutôt prospère. Son frère aîné pilotait des cargos sur les lignes de la compagnie paternelle. Un jour, un accident s'est produit. Ça n'était pas la faute du pilote, mais le navire s'est écrasé sur la Cité Impériale. Tout l'équipage a péri, et le cargo était bon pour la casse...

— C'est terrible, mais je ne vois pas...

— Le vaisseau est tombé en plein sur le musée privé de l'Empereur. Beaucoup de souvenirs chers à son cœur ont brûlé dans l'incendie. Le maître de l'Empire n'était pas du tout content. Il a confisqué les biens de la famille Rendar et banni tous ses membres de la Cité Impériale. Dash a été proprement éjecté de l'Académie.

— C'est pour ça qu'il a rejoint l'Alliance ?

— Il n'a rien rejoint du tout, princesse ! Ce type travaille pour qui le paye, un point c'est tout. C'est un as du pilotage, et il se débrouille bien avec un blaster. Pour résumer, c'est le genre d'homme qu'il est bon d'avoir à ses côtés dans les coups durs. Du moins tant qu'on a un portefeuille bien garni...

Quatre chasseurs Tie approchaient.

Luke appela Wedge :

— Baroudeur Un, attention ! Ennemis à trois heures !

L'aile X de Wedge piqua immédiatement sur la gauche.

— Merci, Luke !

Skywalker mit les gaz, exécuta un demi-tour serré et fondit sur les Impériaux.

Sers-toi de la Force, Luke !

Le jeune homme sourit. La première fois qu'il avait entendu cette phrase, pendant la bataille de l'Etoile Noire, il ne l'avait pas comprise. Aujourd'hui, il savait ce qu'elle signifiait.

— Senseurs tactiques hors service, dit-il. Boucliers arrière désactivés. Toute la puissance à l'armement.

D2 n'était pas d'accord et le lui fit savoir.

— Désolé, mon vieux, mais c'est la meilleure façon de faire.

Luke se concentra. La Force le pénétra et coula dans ses veines. Soudain, les chasseurs Tie semblèrent se déplacer plus lentement. Les mains du jeune Jedi volaient sur le tableau de bord. Ses armes crachèrent le feu et désintégrèrent deux Impériaux.

— Joliment tiré, Leader, dit Baroudeur Cinq.

Les ailes X et les chasseurs Tie commencèrent à danser un ballet de mort dans l'espace.

Douze autres Impériaux apparurent sur l'écran de Luke. L'affaire tournait mal...

CHAPITRE IV

Luke avait ordonné aux Baroudeurs de virevolter sans cesse afin de n'être jamais longtemps dans le champ de tir des armes lourdes ennemies. Jusque-là, tout se passait bien.

— Dix, attention ! cria Wedge.

Luke vit immédiatement le danger. Un chasseur Tie était passé sous les ailes de Dix et s'apprêtait à tirer comme à l'exercice.

Dix se déplaça vers la droite.

Trop tard. Comme des griffes géantes, les lasers déchirèrent l'aile X, qui explosa, formant une boule de feu dont il ne resta bientôt plus rien.

Luke sentit son estomac se retourner. Ils avaient perdu Dix.

Ce n'était plus un jeu d'enfant. Des hommes mouraient. Des hommes de valeur. Il ne devait jamais perdre ça de vue : la guerre était drôle tant que personne ne se faisait descendre. Et cette phase-là ne durait jamais très longtemps.

Les choses s'aggravèrent. Le deuxième destroyer

arriva, son ventre crachant un flot de chasseurs. Ce n'était plus l'heure de se poser des questions philosophiques.

Luke s'abandonna à la Force.

Les Baroudeurs ne pouvaient plus tenir. Lando, Leia et les autres devaient avoir atteint leur objectif.

Luke et ses gars avaient fait leur boulot. Il était temps de battre en retraite.

— Leader à Baroudeurs. On file d'ici !

— Spatioport droit devant, annonça Dash.

Les lumières du complexe brillaient dans l'obscurité.

Leia écarquilla les yeux.

— Je le vois ! Le vaisseau de Fett !

— Amusez-vous bien, les amis, dit Dash. A bientôt et bonne chance.

Devant eux, le *Cavalier* prit de l'altitude.

— Où crois-tu donc aller ? cria Lando.

— J'ai été payé pour vous guider, pas pour combattre. Je me tire, mon vieux !

— Dash, sois maudit !

— Laissez tomber, Lando, dit Leia. Nous n'avons pas besoin de lui.

Chewie désigna l'écran et grogna.

— Mon Dieu, mon Dieu ! gémit 6P0.

— Arrête de pleurnicher ! fit sèchement Leia. Que se passe-t-il ?

Lando répondit avant le droïd. Un exploit, quand on savait à quel point il était bavard.

— Nous avons de la compagnie. Une demi-douzaine de chasseurs Tie à la poupe.

— C'est tout ? Pour un superpilote comme vous, ça ne devrait pas être un problème.

— Comme vous dites, princesse ! Rien que pour le plaisir, vous ne voudriez pas aller voir si les canons sont en état de marche ? Prenez Chewie avec vous, il s'y connaît.

Les choses devenaient intéressantes...

Les Baroudeurs battaient en retraite.

Ayant reçu l'ordre de se défendre mais de ne pas poursuivre l'ennemi, les chasseurs Tie les laissèrent partir en paix.

Enfin, presque...

Tandis que ses compagnons s'éloignaient de la bataille, Luke sentit soudain un flot d'énergie déferler sur lui. Si le phénomène était difficile à comprendre, sa signification ne faisait pas de doute : on l'avertissait d'un danger.

Luke !

C'était la voix d'Obi-Wan !

Sans se poser de questions, Skywalker fit faire à son aile X un brusque écart latéral.

Un rayon laser frôla le cockpit.

S'il n'avait pas bougé, son appareil aurait explosé comme celui de Dix.

Mais il n'y avait pas d'Impériaux autour de lui !

Alors Luke aperçut Baroudeur Six. L'aile X changeait de cap pour le suivre. Que diable se passait-il ?

— Wes, à quoi tu joues ?

— Luke, mon astrodroïd déraille. Il prend le contrôle de mon appareil. Les commandes ne répondent plus.

Compris, songea Luke. *Si je ne fais rien, je suis un homme mort.*

Il mit les gaz. L'aile X répondit à merveille et

l'accélération le plaqua contre le dossier de son fauteuil, son visage s'aplatissant et s'allongeant comme si une main géante avait appuyé dessus.

— Attention, les autres ! parvint à dire Luke à travers ses lèvres distordues.

Quelle folie ! Il venait d'être attaqué par un de ses hommes ! Et derrière lui, l'aile X de Wes imitait sa manœuvre pour tenter de lui coller aux basques.

Il était mal parti. Très mal parti, même. Que pouvait-il faire ? Tôt ou tard, l'aile X devenue folle le désintégrerait.

Il évita un nouveau rayon laser puis effectua un looping pour se retrouver derrière Wes.

Alors il tira, conscient qu'une minuscule erreur coûterait la vie à son compagnon d'armes.

Le rayon laser traversa le compartiment moteur de l'appareil de Wes. Une langue de flammes s'échappa des propulseurs. Baroudeur Six n'allait plus voler très bien... Mais ses armes restaient fonctionnelles.

— Luke, dit un des pilotes, d'autres Tie arrivent.

— Pas maintenant ! tempêta le jeune Jedi.

Laissant la Force le guider, il tira une nouvelle fois et détruisit la centrale d'armement de Baroudeur Six.

Un coup de maître !

Les canons de Wes — ou plutôt de son droïd fou — étaient morts. *Idem* pour ses lasers et son lance-missiles.

Une sacrée chance pour moi ! Mais je n'ai jamais entendu parler d'une panne de ce genre...

— Luke, je suis désolé, dit la voix de Wes dans la radio. Du diable si je sais ce qui est arrivé !...

— Ne te fais pas de souci pour ça... Wedge te remorquera avec un rayon tracteur. Fichons le camp d'ici, vieux frère.

— Avec plaisir, Luke !

Leia tira sur le chasseur Tie qui approchait, aussi inconscient qu'un papillon flirtant avec une flamme. L'Impérial explosa. C'était le troisième qu'elle abattait, et Chewie aussi avait fait un beau score. Mais d'autres appareils remplaçaient instantanément leurs camarades.

Beaucoup trop d'autres appareils !

— Impossible de se poser ! cria Lando. Si on atterrit sur une piste, on se fera pulvériser.

— Alors, que tenter ?

— Je n'en sais rien... On peut continuer à tourner et... Oups !

— Oups quoi ? s'énerva la princesse.

— Le vaisseau de Boba Fett... Il décolle !

— Suivons-le !

— Comment faire ? Il y a une barrière de chasseurs entre lui et nous.

— Contournez-la !

Elle était trop près de Yan pour le perdre.

— Je vais essayer...

Le *Faucon* piqua, passa sous une première haie de Tie et se redressa abruptement.

Un autre Tie approcha. Leia tira, mais l'Impérial allait trop vite et elle le manqua.

Le *Faucon* vibra quand ses boucliers encaissèrent une salve de rayons lasers. Ouvrant de nouveau le feu, Leia fit encore mouche et désintégra le premier chasseur.

Mais elle rata le deuxième, venu prêter main-forte à son collègue.

Alors Chewie grogna quelque chose, la princesse regrettant plus que jamais de ne pas comprendre son étrange langage.

— Je déteste jouer les oiseaux de mauvais augure, dit Lando, mais j'ai un mauvais pressentiment.

Revenu à la base, sur Kile, Luke et Wedge se précipitèrent vers l'aile X de Wes.

L'air désolé, le pilote contemplait ce qui restait de son appareil.

— Tu vas bien ? lui demanda Skywalker.

— Ouais, pas de problème, répondit Wes avec un haussement d'épaules. Mais je donnerais cher pour savoir ce que mon droïd R2 a mangé au petit déjeuner.

— Si on jetait un coup d'œil pour le savoir ? proposa Luke. (Il se tourna vers le chef de l'équipe au sol et ajouta :) Il faudrait rendre ce droïd inoffensif...

Dès que l'unité R2 défectueuse fut posée sur le sol, le chef l'immobilisa au moyen d'un boulon neutralisateur. D2-R2 s'approcha. Une tige sortit de son « ventre » et se connecta à l'autre droïd.

D2 bipa frénétiquement.

— Hum... hum..., fit Luke, soucieux.

— Que dit-il ?

— Le droïd n'avait pas de panne. Il était programmé pour me tuer.

Wedge ne cacha pas sa surprise.

— Qui aurait fait ça ?

Le chef de l'équipe au sol, une fort jolie femme, prit son comlink, dit quelques mots, puis écouta la réponse.

— Rendar est de retour, annonça-t-elle.

— Qu'est-il arrivé à Leia et Lando ?

— Il ne m'a rien dit...

— Chef, gardez un œil sur ce droïd. Que personne ne s'en approche. Wedge, viens avec moi !

Les deux hommes se dirigèrent vers l'endroit où le navire de Dash se poserait bientôt.

Le *Faucon* s'éloigna du spatioport et plongea

entre deux tours encore en construction. Leia vit qu'ils gagnaient du terrain sur leurs poursuivants.

— Que faites-vous ? demanda-t-elle par radio à Lando.

— J'essaye de sauver ma peau, et la vôtre. Même en utilisant toutes les astuces du manuel, plus un certain nombre de mon cru, il était impossible de passer à travers cet essaim de Tie. Il y en avait trop. Tôt ou tard, ils nous auraient eus.

— Et Boba Fett ?

— J'avoue l'avoir perdu de vue...

— Sans doute est-il déjà dans l'hyperespace, pesta la princesse.

Chewie grogna quelque chose.

— Chewbacca a raison, dit 6P0. Tôt ou tard, Fett livrera le capitaine Solo à Jabba. Nous pouvons retourner sur Tatooine et attendre. Je trouve que c'est une très bonne idée...

Personne ne lui répondit.

— En tout cas, continua le droïd, nous sommes vivants. C'est déjà ça ! Toutes ces émotions finiront par avoir raison de moi...

Luke manqua flanquer son poing dans la figure de Dash.

— Du calme ! lui conseilla Wedge.

Rendar les regardait, superbement décontracté.

— Tu les as abandonnés ? répéta Skywalker, incrédule.

— Affirmatif, gamin. J'étais payé pour les conduire jusqu'au vaisseau de Fett, rien de plus. J'ai rempli mon contrat. Si on voulait que je fasse autre chose, il fallait le dire, et me verser une avance.

— Si un malheur arrive..., avertit Luke d'une voix glaciale.

— Quoi donc, gamin ? (Dash leva un sourcil.) Tu me tueras ? On m'a engagé pour les guider, et je l'ai fait. La discussion est close.

Un homme de l'équipe au sol arriva, haletant.

— Nous venons de recevoir une communication de Calrissian. Il sera là dans un quart d'heure...

Luke se détendit. Ses amis étaient sains et saufs.

— Ça nous laisse quelques minutes, dit Wedge. Allons voir ce qu'on peut tirer de cette unité R2.

— Bonne idée, approuva Luke.

Hélas, quand ils arrivèrent, il ne restait plus qu'un tas de débris fumants à la place du droïd.

Quelqu'un l'avait proprement démoli.

Luke regarda autour de lui, cherchant la jeune femme qu'il avait chargée de surveiller l'astrodroïd.

Il la trouva sans peine.

Détail gênant, elle pointait un blaster sur lui.

CHAPITRE V

Luke vit Antilles dégainer son blaster.

— Non ! cria-t-il.

Trop tard.

La jeune femme s'aperçut que Wedge avait une arme au poing. Se tournant vers lui, elle fit feu et manqua sa cible de quelques centimètres.

Antilles n'avait pas le choix. Il tira et fit mouche. Touchée à la poitrine, l'espionne s'écroula.

Luke approcha. Le chef de l'équipe au sol n'était plus en état de répondre à des questions...

— Au moins, nous savons qui a programmé le droïd pour qu'il me descende, déclara Skywalker. J'aurais bien voulu savoir pourquoi...

— Tout n'est peut-être pas perdu, dit Wedge. Je vais voir quels renseignements informatiques nous avons sur cette femme...

Quelques minutes plus tard, le *Faucon Millenium* atterrit. Quand Luke aperçut Leia, il fut bouleversé. Le visage défait, la princesse marchait comme si elle avait eu mille ans. Il la prit dans ses bras pour la réconforter, mais elle ne se détendit pas.

— Qu'est-il arrivé ? demanda-t-il.

— Boba Fett nous a faussé compagnie...

Lando ne put s'empêcher de mettre son grain de sel dans la conversation.

— Ouais, il a mis les bouts et nous avons eu de la chance de revenir entiers. Il y avait des chasseurs Tie partout. Désolé, Luke. J'ai essayé...

Skywalker fit signe qu'il comprenait.

— Viens, Leia, dit-il. Et ne désespère pas : nous trouverons autre chose !

Leia était déjà déprimée, mais l'affaire du droïd saboté la terrorisa. Quand Wedge et Lando revinrent après avoir étudié le dossier de l'espionne, ils semblaient moroses.

— Alors ? demanda la princesse.

— Nous avons trouvé un virement bancaire suspect... Dix mille crédits sur le compte de cette femme, quelques jours avant l'arrivée des Baroudeurs ici...

— L'argent a été versé par une société écran, expliqua Lando. J'ai réussi à remonter la piste jusqu'à une boîte appelée Sabre Entreprise. D'après nos services secrets, c'est la couverture d'une organisation impériale d'espionnage.

— Il y a du Vador là-dessous, dit Leia.

— C'est impossible..., la contredit Luke.

— Et pourquoi donc ?

— Il veut me capturer vivant et me convaincre de servir l'Empire.

— Qui te dit qu'il n'a pas changé d'avis ? objecta Lando.

Leia cessa d'écouter. Tout allait de travers. Après avoir perdu Yan, peut-être pour toujours, elle n'avait aucune intention de perdre aussi Luke. Il était trop important pour l'Alliance... et pour elle.

La princesse aimait Yan *et* Luke. Pas de la même façon, certes, mais assez pour ne pas vouloir qu'il lui arrive du mal.

Cette tentative d'assassinat était la partie visible d'un iceberg. Le pire restait à venir.

Leia devait découvrir de quoi il s'agissait... et empêcher que ça ne se produise.

— Skywalker a échappé à notre piège, annonça Guri à Xizor. La femme que nous avions corrompue est morte.

— Ça n'a rien d'étonnant, lâcha Xizor, fataliste. Nous savons que ce fichu Jedi a toutes les chances... Guri, dis à nos autres agents de continuer. Mais qu'ils aient l'air d'être au service de l'Empire — plus précisément de Vador. S'ils abattent Skywalker, je serai ravi. S'ils le ratent, j'ai une autre idée qui promet d'être encore meilleure pour nous.

— Il en sera fait selon vos ordres, prince...

— Avant de partir, contacte Dark Vador. Je voudrais le rencontrer. Laisse-lui le choix du moment et du lieu.

— Compris.

— Ce sera tout, dit le Falleen, congédiant Guri d'un geste de la main.

Dark Vador regardait avec intérêt la projection holographique du réplico-droïd de Xizor.

— Fort bien, Guri, dit-il. Informe ton maître que je lui donne rendez-vous à trois heures sur le satellite de l'Empereur.

Vador coupa la communication. Que voulait donc le prince ? Malgré ses protestations de loyauté, ce bandit se fichait bien de servir l'Empire, sauf quand ça l'arrangeait.

Dubitatif, Vador ordonna qu'on prépare sa navette personnelle. Il serait bientôt temps de gagner le satellite géant qui gravitait autour de la planète.

Pendant qu'il attendait l'heure du décollage, Vador songea à un autre problème. Une épine dans son pied, plutôt. Pour le moment, l'Empereur refusait qu'il se lance en personne à la poursuite de Luke Skywalker, car il avait des « choses plus importantes » à faire.

Qu'à cela ne tienne ! S'il ne pouvait être le chasseur, il en engagerait d'autres. Une énorme récompense *et* sa gratitude éternelle étaient promises à quiconque lui ramènerait Skywalker vivant. Tôt ou tard, le poisson serait ferré...

— Pourquoi moi ? demanda Luke.

— Parce que Tatooine est ta planète natale. Aucun de nous ne la connaît aussi bien, dit Leia. Quelqu'un doit y aller pour guetter l'arrivée de Boba Fett. Tu es le choix logique.

Luke fit la moue. Il n'aimait pas ça...

— Tes affaires avec l'Alliance ne peuvent pas attendre ?

— Négatif ! Emmène D2 et installe-toi dans la maison de Ben. Lando, Chewie, 6P0 et moi te rejoindrons dès que j'en aurai fini.

Luke rendit les armes.

— D'accord. Mais sois prudente...

Luke parti, Leia se tourna vers Rendar.

— Vous êtes disponible, en ce moment ?

— Gente dame, je le suis toujours quand le salaire est motivant.

— Je veux que vous alliez sur Tatooine pour protéger Luke.

Dash leva un sourcil.

— Garde du corps ? C'est un job dans mes cordes. Mais le gamin ne sera pas content s'il s'en aperçoit.

— Alors, ne vous faites pas voir. On a tenté de le tuer, et je suis sûre qu'on recommencera. Combien voulez-vous ?

Rendar dit un chiffre.

Lando émit un long sifflement.

— Bon sang, on ne peut pas dire que tu sois donné ! s'exclama-t-il.

— La qualité n'est jamais bon marché, dit Dash avec un sourire.

Quand le mercenaire fut parti, une avance en poche, Leia eut une petite conversation privée avec Calrissian.

— Quelle est la meilleure façon de contacter un membre haut placé du Soleil Noir ?

Lando la regarda comme si elle venait de lui confier qu'elle pouvait voler simplement en battant des bras. Puis il secoua la tête.

— Le meilleur moyen ? Mourir et lui donner rendez-vous en enfer...

— Soyez sérieux, Lando. C'est important.

— Princesse, le Soleil Noir n'est pas un club de vacances...

— Quelqu'un a tenté de tuer Luke. C'était peut-être Vador, mais peut-être pas. Le Soleil Noir a un vaste réseau d'espions, plus performant que celui de l'Alliance. Si quelqu'un peut remonter la piste...

Chewie grogna quelque chose, puis poussa un gémissement.

— Tout à fait d'accord, mon gars, dit Lando, qui avait compris le sens du message. La dame va commettre une grosse bourde.

— Vous pouvez me mettre en rapport avec ces gens, n'est-ce pas ? insista Leia.

— C'est une mauvaise idée, s'entêta Calrissian.

— Lando...

— D'accord ! D'accord ! Je connais des personnes qui pourraient vous introduire auprès du Soleil Noir...

— Parfait. On y va ?

Debout sur un balcon surplombant un jardin artificiel, Xizor attendait Dark Vador. Il le sentit approcher avant de le voir ou de l'entendre.

Le Falleen se retourna et s'inclina.

— Seigneur Vador...

— Prince, pourquoi vouliez-vous me parler ?

— J'ai appris par hasard la position d'une base rebelle. J'ai pensé que l'information vous intéresserait.

Le souffle de Vador se fit plus fort.

— Effectivement, répondit-il après un long silence. Où se trouve cette base ?

— Dans le secteur de Baji, dans la Bordure Extérieure. D'après ce qu'on m'a dit, il y a un spatioport plein de vaisseaux en réparation : des centaines de navires rebelles, des chasseurs aux transports de troupes. La perte de cette base signerait l'arrêt de mort de l'Alliance.

— Mes espions vérifieront cette information, dit Vador. Si elle est vraie, l'Empire aura une dette envers vous.

Xizor s'inclina encore.

— Inutile de me remercier, seigneur Vador. J'ai fait mon devoir, c'est tout.

Xizor savait que l'Empereur s'intéresserait à la nouvelle. Sans doute chargerait-il Vador en personne d'aller raser la base.

Superbe ! Ce casse-pieds hors de mon chemin, je continuerai tranquillement à tisser ma toile.

— Tes espions confirment l'information ? demanda l'Empereur.

— Oui, maître.

— Des centaines de vaisseaux rebelles ? Avec leurs pilotes et leurs équipages ?

— C'est cela, maître.

— Je vois... Vador, prends le commandement d'une partie de la flotte et pars sur-le-champ. Tu détruiras la base ! Ce sera un coup mortel porté aux Rebelles.

— L'amiral Okins pourrait commander l'expédition, maître, suggéra Vador.

— Il *pourrait*, oui, mais il ne le fera pas.

Vador comprit qu'il avait perdu la partie.

— Bien sûr, si vous le désirez, je conduirai l'attaque.

— C'est ce que je souhaite. Emmène Okins si tu y tiens, mais sois en personne sur le champ de bataille.

Vador s'inclina.

— A vos ordres, maître.

Quand il sortit des appartements privés de l'Empereur, Vador était hors de lui. La base se trouvait bien là où avait dit le prince. Pour l'Empire, c'était la perspective d'une victoire facile, car des vaisseaux en réparation ne pourraient pas se défendre.

Pourtant...

Vador ne faisait aucune confiance à Xizor. Un Falleen agissant de manière désintéressée ? Il fallait se pincer pour y croire !

Le prince espérait sûrement gagner quelque chose dans l'aventure.

Oui, mais quoi ?

CHAPITRE VI

Luke respira à fond. Alors que la lune se levait, il se tenait sur le seuil de la maison de Ben, sur Tatooine. L'air était encore chaud, mais beaucoup moins brûlant que dans la journée.

Le jeune homme avait terminé la fabrication de son nouveau sabrolaser. Il le tenait dans la main droite, espérant qu'il fonctionnerait. Pour tout dire, il était sorti afin de l'essayer. Ainsi, s'il explosait, la demeure de Ben serait épargnée.

Luke activa la lame, qui prit lentement toute sa longueur, soit environ un mètre. Un bourdonnement familier se fit entendre. L'arme était chargée d'énergie.

Luke sourit.

En toute franchise, il n'avait jamais redouté que le sabrolaser explose.

Il mania l'arme à blanc. Elle était bien équilibrée, peut-être mieux que la première.

Skywalker se mit en position d'attaque et abattit plusieurs fois la lame devant lui. Ensuite, il frappa latéralement.

Parfait !

Après tout, il allait peut-être réussir à devenir un Jedi !

Sur la planète Rodia, Leia, Chewie et Lando étaient assis dans le bureau d'un propriétaire de casino nommé Avaro. La peau verdâtre, l'individu était beaucoup plus gras que les autres Rodiens que la princesse avait rencontrés, et il bégayait terriblement.

— Donc, vous pouvez nous mettre en rapport avec le Soleil Noir ? demanda la jeune femme.

Avaro acquiesça.

— Oui. Ça pren-prendra quel-quelques jou-jours... Des con-contacts lolo-caux ne vous servi-vi-raient à rien. Il fau-faudra quelqu'un d'une au-autre pla-planète.

— Très bien...

— En-en atten-tendant, pro-pro-fi-fitez du casi-sino... Nous pou-pouvons vous four-four-nir des cha-chambres...

— Une excellente idée, mentit Leia.

C'est encore pire que Mos Esley, songea-t-elle après qu'ils eurent quitté le bureau d'Avaro pour se diriger vers l'hôtel. Partout, des joueurs étaient vissés devant les machines à sous ou les tables de jeu. Le sol était sale et usé, et l'air empestait la fumée. Des gardes en armes, postés à intervalles réguliers, avaient l'air décidé à cribler de balles tout contrevenant.

— Allons voir les chambres, dit Lando. Après, nous essayerons de tester l'honnêteté de ce casino.

— Prince Xizor, dit l'Empereur, qu'il m'est agréable de vous revoir !

Xizor s'inclina.

— Le plaisir est pour moi, maître.

— Que me vaut la satisfaction de recevoir votre visite ?

— Maître, je venais m'enquérir du déroulement de l'attaque... Vous savez, Baji, la base rebelle... le seigneur Vador...

L'Empereur ne cilla pas, mais Xizor aurait parié qu'il l'avait pris par surprise.

— Un jour ou l'autre, prince, il faudra que je débauche vos espions...

— Ce n'est pas d'eux que je tiens cette information, maître.

— Alors comment savez-vous ?

— Je suis surpris que Dark Vador ne vous ait rien dit. C'est moi qui lui ai révélé la position de la base. Sans rien demander en échange, bien sûr...

— Bien sûr..., répéta l'Empereur. Je devrais recevoir un rapport dans les heures à venir. Voulez-vous attendre avec moi ? Nous pourrions boire quelque chose et parler...

— Maître, c'est un honneur !

Xizor se retint de sourire. Vador n'avait pas dit à l'Empereur d'où provenait l'information. Pour plus de sûreté, sans doute avait-il effacé l'enregistrement de leur conversation, sur le satellite. C'était de bonne guerre et le prince aurait agi de même à la place de son rival.

Grâce à sa visite impromptue au maître de la galaxie, celui-ci saurait qui récompenser.

Xizor se réjouissait d'avance de voir la tête de Vador quand celui-ci comprendrait que son mauvais coup se retournait contre lui.

Un grand moment en perspective !

Le Seigneur Noir entra dans le champ de la caméra holographique et établit la communication. L'image 3D de l'Empereur apparut.

Vador mit un genou à terre.

— Maître..., dit-il.

— Seigneur Vador ! J'attends ton rapport...

— La base rebelle n'existe plus. L'ennemi a un peu résisté, mais la victoire fut aisée. Des centaines de vaisseaux sont détruits et des milliers d'hommes ont péri.

— Excellent ! Excellent !

Tandis que l'Empereur battait des mains, son image devint un peu plus petite. Le nouvel angle de la caméra holographique révéla à Vador la présence du prince.

— Le fidèle Xizor me confiait à l'instant son plaisir d'avoir contribué à une grande victoire. Nous lui devons une fière chandelle, ne crois-tu pas ?

A l'évidence, l'Empereur s'amusait de l'embarras de Vador.

Celui-ci regarda Xizor. Quand il parla, il se félicita que ses interlocuteurs ne puissent pas voir son visage.

— L'Empire vous remercie, prince...

L'Empereur sourit.

Xizor l'imita.

— Inutile de me remercier, seigneur Vador. Je suis toujours heureux de servir l'Empire.

Si des années-lumière ne les avaient pas séparés, Vador aurait-il pu résister à l'envie d'étriper le misérable ? Il en doutait...

— J'espère te revoir bientôt, Vador, dit l'Empereur.

— Nous sommes déjà sur le chemin du retour, maître.

— Parfait.

La projection disparut.

Vador s'apprêta à quitter la salle holographique.

Un sous-officier s'approcha.

— Seigneur, je...

C'en était trop ! Vador serra un poing et invoqua la Force.

L'homme tomba à genoux, la gorge serrée dans un étau invisible.

— Je ne veux pas être dérangé ! Est-ce clair ?

Il rouvrit la main.

Le sous-officier aspira goulûment de l'air.

— Parfai... te... ment clair, seigneur...

Sans plus s'intéresser à sa victime, Vador, fou de rage, sortit et prit la direction de ses quartiers.

CHAPITRE VII

Luke était en train de s'entraîner avec son nouveau sabrolaser quand il entendit un vrombissement lointain. Les yeux plissés, il sonda le désert et aperçut dans le lointain un nuage de poussière. On venait vers lui. Et le vrombissement était celui de plusieurs moteurs.

Luke alla prendre position derrière une dune. De là, il pourrait voir ses visiteurs avant qu'ils ne le localisent.

Bientôt, il constata qu'une colonne de motospeeders approchait. Ces véhicules volants légers pouvaient transporter deux personnes. En réalité, ça n'était rien de plus que de gros moteurs équipés de sièges et d'un tableau de bord. Rapides, très maniables, ils avaient la faveur des criminels de tout poil, qui les utilisaient pour fuir la police et pour la contrebande.

Un gang de motospeeders, ici ? Pour y faire quoi ? Luke était le seul être vivant à cent kilomètres à la ronde. Ces gens pouvaient-ils s'être perdus ? C'était peu probable. Il fallait voir les choses en face : ils venaient pour lui, et ça n'était sûrement pas une visite de bon voisinage.

Les motospeeders arrivèrent aux abords de la maison. Luke sut qu'il avait fait la bonne analyse quand il remarqua que tous les hommes portaient un blaster.

Un des voyous le repéra. Il dégaina son arme et fit feu. Le rayon passa assez loin de sa cible.

— Faisons de la bouillie de cet avorton, les gars ! cria un colosse qui devait être le chef.

Un véhicule fondit sur Skywalker, le pilote et son passager faisant feu en même temps. Une fois encore, les rayons manquèrent leur cible d'un bon mètre. Dans la poussière soulevée par les motospeeders, il ne devait pas être facile de viser.

Luke sortit de sa cachette, sabrolaser brandi.

Il entendit un rugissement mécanique sur sa gauche. Un autre engin fonçait sur lui. Son pilote tenait une arme qui ressemblait à une hache géante.

Un deuxième véhicule arrivait sur sa droite, monté par un seul tueur. Quand il fut assez près, Luke fit mine de frapper avec son sabrolaser puis flanqua un coup de pied au pilote.

L'homme fut proprement désarçonné. Skywalker releva le motospeeder, sauta en selle et mit les gaz.

Il se dirigeait vers le Canyon du Mendiant, qu'il avait exploré de fond en comble durant son enfance. Sur ce terrain, ses adversaires n'avaient pas une chance. Il pourrait les piéger un par un et endommager leurs machines... Avec un peu de chance, il capturerait tout le gang !

La meute de ses poursuivants était toujours derrière lui quand il pénétra dans le canyon, un étroit défilé qui tournait abruptement à gauche après deux kilomètres de ligne droite. L'endroit était appelé le « tournant de la mort », et ça ne devait rien à la poésie. L'inconscient qui tentait de le négocier un peu trop vite se retrouvait étalé sur la paroi rocheuse comme de la pâte à tartiner sur un toast.

Luke s'en joua les yeux fermés !

Une bonne moitié des voyous n'eurent pas cette chance. Une excellente nouvelle, mais il en restait encore une demi-douzaine, et...

Luke ralentissait pour passer un autre tournant quand il entendit crier derrière lui.

— Il reçoit du renfort, Spiker ! On est mal barrés ! Fichons le camp !

Quand il se retourna, Skywalker découvrit un autre motospeeder piloté par un homme vêtu de noir et casqué. D'un calme olympien, il canardait les voyous, semant la panique dans leurs rangs.

Comme il avait coupé le moteur de son véhicule, personne ne l'avait entendu venir.

Mais il va s'écraser contre la paroi..., s'inquiéta Luke.

Au dernier moment, le pilote ralluma son moteur et redressa sa course, le tout sans cesser de tirer. Voyant que ses ennemis fuyaient sans demander leur reste, il se posa à côté de Skywalker avec une précision millimétrique.

Bon sang, songea Luke, *ce gars sait y faire !*

Le pilote coupa les gaz et retira lentement son casque.

C'était Dash Rendar !

— Que fais-tu ici ? demanda Luke.

Dash haussa les épaules.

— On dirait que je viens de te tirer d'un mauvais pas, gamin !

— Ça n'était pas le sens de ma question. Pourquoi es-tu ici ?

— Eh bien, Leia m'a engagé pour te protéger jusqu'à son retour.

— Quoi ? s'étrangla le jeune homme. Ecoute-moi bien, l'ami, je n'ai pas besoin d'une nounou.

— Bien sûr que non ! Tu t'en serais sorti seul, je parie ? Enfin, tu le crois...

— Je me débrouillais plutôt bien, non ?

— Exact. Mais ils t'auraient eu quand même...

Luke se força au calme. Il n'aimait pas beaucoup ce fier-à-bras de Rendar, mais il fallait être réaliste : que ça lui plaise ou non — et ça ne lui plaisait pas ! — l'aventurier lui avait sauvé la mise.

— Merci de ton aide, souffla-t-il.

— Pardon ? J'ai mal entendu ce que tu as dit...

— Ne me pousse pas à bout, Dash, prévint Luke.

Le mercenaire sourit.

— Je traînais dans Mos Esley quand j'ai entendu ces rigolos discuter. Ils avaient ordre de te tuer. Navré de te décevoir, mais Dark Vador ne compte plus au nombre de tes admirateurs.

— Je m'en remettrai... Si c'est bien lui le commanditaire des tueurs.

Etait-ce logique ? En aucun cas ! Luke l'aurait juré sous la torture.

Xizor se cala dans son siège et regarda l'hologramme qui flottait au-dessus de son bureau.

C'était la représentation miniature d'une femme extraordinairement belle. A l'évidence, elle ignorait que son image lui avait été volée par une holocaméra.

La princesse Leia Organa. Le Falleen savait qui elle était, bien sûr, même s'il n'avait jamais pris la peine de s'y intéresser.

Derrière lui s'éleva la voix de Guri.

— Elle a contacté le propriétaire d'un casino, sur Rodia. L'établissement est sous notre... protection... Elle veut rencontrer un membre important du Soleil Noir.

— Pourquoi un des chefs de l'Alliance s'intéresserait-il à notre organisation ? se demanda le prince à haute voix. Ces gens se font un point d'honneur de ne pas frayer avec nous, car ils auraient peur de salir leur précieuse révolution... (Le Falleen réfléchit un moment.) Ce doit être très important. La princesse a peu de véritables amis. Skywalker est du nombre. Je parie qu'elle sait où il est ! Même si elle l'ignore, elle pourrait nous être utile. Qu'on me l'amène !

CHAPITRE VIII

— Alors, où est Leia ? demanda Luke à Dash quand ils furent retournés dans la maison de Ben, chacun sur un motospeeder.

— Sur Rodia, pour entrer en contact avec le Soleil Noir.

Luke manqua en laisser tomber son gobelet d'eau fraîche.

— Le Soleil Noir ? Est-elle devenue folle ? Un jour, Yan m'a dit que cette organisation était plus dangereuse que l'Empire. Pourquoi prendre un tel risque ?

— Elle ne m'a pas informé ! fit Dash. Elle doit penser que ces gens savent qui veut ta peau.

L'idée de Leia frayant avec une confrérie de criminels dérangeait Luke, mais que pouvait-il y faire ?

— Alors, gamin, on prend racine, ou quoi ?

— Plaît-il ?

— Tu veux qu'on reste là à attendre de nouveaux tueurs ? Ou tu préfères aller demander à Jabba le

Hutt pourquoi il a envoyé ce tas d'abrutis pour te faire avaler ton extrait de naissance.

— Jabba n'a aucune raison de m'en vouloir...

— Sauf si quelqu'un lui en donne une... C'est pour ça que je suis là, gamin. Ce *quelqu'un* t'en veut sacrément !

D2-R2 bipa soudain avec une rare frénésie.

— Je n'aime pas ce que j'entends..., dit Luke.

— T'as une idée de ce qui arrive à ce tas de ferraille ?

— Il doit y avoir quelque chose dehors. Allons voir...

D2 bipa de plus belle. Dash dégaina son blaster ; Skywalker porta la main à sa hanche pour vérifier la présence de son sabrolaser.

Ils sortirent et virent dans le ciel une traînée de feu caractéristique.

— On dirait un droïd messager, fit Luke.

Il n'était pas courant d'en voir atterrir un devant sa porte. On les utilisait pour les transmissions urgentes, ou quand le réseau holographique n'était pas sûr. Fort coûteux, ces droïds volants ne pouvaient servir qu'une fois.

Celui-ci s'écrasa à cinq cents mètres de là avec un bruit de tonnerre. Dash et Luke se précipitèrent.

Le messager, un boîte ronde de petite taille, roula hors de son porteur — tout cabossé — et parla :

— J'ai mission de délivrer un message à la princesse Leia Organa ou à un de ses représentants officiels.

— J'écoute, dit Luke.

— Mot de passe ? demanda le robot.

— Hum... Luke Skywalker...

— Mot de passe erroné.

— Yan Solo ?

— Mot de passe erroné. Il ne vous reste qu'une tentative avant l'autodestruction du messager.

Luke se creusa la cervelle. Ça devait être un mot simple, quelque chose que Leia ne pouvait pas oublier. Quand il pensait à elle, quel nom lui venait d'abord à l'esprit ?

— Alderaan ?

— Mot de passe correct.

Sur le ventre du droïd, un panneau coulissa, dévoilant un holoprojecteur. Une image se matérialisa dans l'air : un petit Bothan barbu aux cheveux longs.

— Mes salutations, princesse Leia, dit l'hologramme. Je me nomme Koth Melan, et je vous parle depuis Bothawui, ma planète natale. Nos espions ont découvert des secrets vitaux pour l'Alliance. Il faut que vous veniez au plus vite sur notre monde. Le temps est un facteur crucial. Je serai pendant cinq jours à la Mission Commerciale galactique. Si l'Alliance ne réagit pas vite, les informations seront perdues.

L'image disparut.

— Il faut transmettre ça à Leia, dit Luke.

— C'est impossible, gamin. On ne peut pas utiliser le réseau holographique. Primo, il n'est pas fiable et, secundo, on ne sait pas exactement où elle est. Nous rendre sur Rodia, la dénicher et la conduire sur Bothawui prendra plus de cinq jours.

— Bien raisonné, admit Luke. Il ne nous reste plus qu'à y aller à sa place.

— A quoi bon ? Le message lui était adressé !

— Je suis son représentant officiel. Koth Melan pourra me parler.

— Ton idée ne me plaît pas, gamin. Et le nom de ce type non plus. Melan ? Ça n'est pas très bothan...

— Personne ne te demande de venir ! Tu n'es qu'un garde du corps, un mercenaire. Et tu te fiches de l'Alliance.

— Comme de mon premier blaster ! Sauf quand elle me paye...

— Parfait. J'y vais. Fais ce qui te chante.

Un grand sourire se dessina sur les lèvres de Rendar.

— Mon gars, pour moi tu es plus précieux vivant que mort. J'ai un job à défendre. On se retrouvera en orbite !

Luke n'adorait pas Dash, mais le bougre savait se battre, et il pilotait bien. Ça n'était pas un mince avantage.

— D2, en route pour notre aile X ! On va faire un petit voyage.

Le droïd en forme de tonneau bipa et siffla. Sans le moindre doute, il ne trouvait pas l'idée très bonne.

Tant pis pour lui, pensa Luke. *A ma place, un Maître Jedi ne resterait pas sans agir alors que l'avenir de l'Alliance est en jeu.*

C'était une évidence !

Luke n'avait jamais été sur Bothawui. Dès l'atterrissage, il fut frappé par l'aspect propre et douillet de la planète, fort étonnant comparé à celui de son monde natal.

Comble de chance, la journée était radieuse...

Des Impériaux — une garnison symbolique — patrouillaient par petits groupes, mais le spatioport semblait toujours sous le contrôle des Bothans. Dans les larges avenues, la plupart des immeubles (en pierre naturelle) brillaient comme des gemmes.

Après quelques tours et détours, Luke et Dash

dénichèrent le bureau de Koth Melan. Un droïd de protocole très semblable à 6PO les accueillit poliment.

— Bien le bonjour, dit-il. En quoi puis-je vous être utile ?

— La princesse Leia doit voir Koth Melan, expliqua Luke.

— Et vous êtes la princesse Leia ?

— Non. Bien sûr que non ! Je suis son représentant, Luke Skywalker. Si Koth Melan veut la voir, il voudra me voir aussi.

— Désolé, mais ça n'est pas une déduction logique...

— Dites-lui juste que nous sommes là, et ça ira !

— Je crains de ne pouvoir vous permettre d'entrer, car vous n'avez pas de rendez-vous. Maître Melan est un Bothan très occupé. Si vous me donnez vos noms, je peux vous arranger quelque chose pour... hum... disons... dans une semaine.

Luke fronça les sourcils. Comment convaincre ce tas de circuits pinailleurs de les laisser entrer ? Les droïds étaient incorruptibles, et la Force n'avait aucun effet sur eux...

Sourire aux lèvres, Dash dégaina son blaster.

— Assez joué, l'ami ! Tu veux mon nom ? C'est L'Homme Au Blaster Qui Va Te Désintégrer ! Si tu n'ouvres pas la porte, ton maître devra se trouver un nouveau réceptionniste.

— Mon Dieu, mon Dieu ! gémit le droïd.

— Et n'essaye pas de déclencher une alarme, dit Dash. Je te surveille très attentivement. Dépêche-toi, et ouvre la porte manuellement.

— Très bien, monsieur L'Homme Au Blaster Qui Va Te Désintégrer, dit le robot.

Luke et Dash échangèrent un regard amusé. Les

cerveaux électroniques réagissaient parfois comme de tout jeunes enfants.

Le droïd tapa un code sur le clavier de la porte. Celle-ci s'ouvrit.

— Tu nous précèdes, dit Dash.

Ils suivirent leur guide jusque dans un grand bureau occupé par Koth Melan.

— Maître, je suis désolé, mais...

— Tout va bien, R0-4. Retourne à ton poste. Je vais recevoir ces messieurs.

Le droïd sortit et referma la porte derrière lui.

— Pardonnez notre impolitesse, dit Luke, mais il nous fallait entrer.

— Je sais... Vous êtes Luke Skywalker. Votre ami se nomme Dash Rendar. Je vous attendais. Vous combattez pour l'Alliance, et votre réputation n'est plus à faire. Je vous en prie, asseyez-vous.

Interloqués, Dash et Luke se regardèrent.

— Je ferais mieux de m'expliquer... Juste après avoir envoyé le messager, j'ai appris que la princesse n'était plus sur Tatooine. Votre présence implique que vous connaissez le mot de passe. Puisque vous êtes ici, on va pouvoir travailler.

Luke s'assit et Dash l'imita.

— L'Empire s'est lancé dans un nouveau projet militaire, commença Melan. Nous ignorons en quoi il consiste, mais nous savons qu'il est colossal. L'Empereur a « détourné » beaucoup d'argent, de matériel et d'hommes pour les consacrer à cette entreprise secrète.

— Comment le savez-vous ? demanda Luke.

— Nos espions sont les meilleurs de la galaxie, dit Melan, une nuance de fierté dans la voix. Les plans sont conservés dans des ordinateurs inviolables par accès extérieur. Mais le peu que nous savons laisse penser que ce projet n'arrangera pas les affaires de l'Alliance.

— Et que sommes-nous censés faire ?

— Nos agents ont découvert qu'un des ordinateurs va être envoyé sur Bothawui. Je crois que l'Alliance sera ravie d'en prendre possession et de lui ouvrir les entrailles pour savoir ce que mijote l'Empire.

— C'est une bonne idée, admit Luke.

— Excusez ma franchise, intervint Dash, mais pourquoi êtes-vous si anxieux d'aider l'Alliance ? D'après ce que je sais, les espions bothans ont pour vocation de collecter et de vendre des informations. Ils ne se mouillent jamais...

Melan se rembrunit.

— Il y a vingt ans, mon père a été exécuté pour espionnage. Par l'Empire...

— C'est un des risques du métier, non ? lança Dash.

— Exact, et je l'accepte sans sourciller, répondit Melan. Mais tous les Bothans ne travaillent pas dans le renseignement. Mon père était un professeur, c'est tout. Tant que l'Empire ne sera pas vaincu, je vivrai sans honneur. Je pense que vous comprenez, Rendar, après ce que les Impériaux ont fait à votre famille... et à vous !

Dash serra les dents.

— Tout ça ne vous regarde pas ! cracha-t-il.

Luke n'intervint pas immédiatement, mais une question explosa dans son esprit.

Que t'ont-ils donc fait, Dash ?

Puis il prit la parole :

— Si l'Empire se donne tant de mal, nous devons savoir pourquoi. Comment voler cet ordinateur ?

— L'Empire le fait voyager sur un navire sans escorte : un cargo censé transporter de l'engrais. C'est malin, car pareil vol n'attirera pas l'attention de l'Alliance. Nos agents pensent pouvoir obtenir le cap que suivra le vaisseau, mais ça leur prendra encore du temps. Quand ils l'auront, le cargo sera sans doute à un ou deux jours d'ici. Il se révélera très utile d'avoir avec nous un officier versé dans l'art du combat spatial...

— Je suis votre homme ! s'exclama Luke. Et toi, Dash ? Tu es dans le coup ? Un cargo contre une escadrille bothane et mon aile X. Où sont les risques ?

Rendar ne paraissait pas convaincu.

— Réfléchis, Dash ! Si les données de cet ordinateur sont aussi précieuses que le pense Melan, l'Alliance te donnera sans doute une prime. Ça peut valoir quelques milliers de crédits... peut-être plus.

— D'accord, dit Dash, haussant les épaules. De toute façon, je n'ai rien d'autre à faire. Alors, pourquoi ne pas jouer les héros à peu de frais ? Ça pourrait même être amusant...

Luke sourit.

Décidément, Rendar lui rappelait beaucoup un certain Yan Solo.

CHAPITRE IX

Leia s'ennuyait tellement qu'elle était tentée de glisser quelques pièces dans la fente d'une machine à sous.

Avaro s'approcha d'elle :

— Je-je viens de-de re-recevoir une co-communication. La repré-présentante du So-soleil Noir est en rou-route... Arri-vée-vée prévue dans trois jou-jours.

La princesse éprouva un grand soulagement. Cette ridicule attente touchait à sa fin !

Regardant Avaro s'éloigner, elle repensa à ce qu'il venait de dire.

« La » représentante ?

Vraiment ?

Après tout, pourquoi pas ? Aucune loi n'interdisait aux femmes de faire carrière dans le crime.

Luke avait pris la tête de l'escadrille bothane. Pour s'éloigner de la planète sans être repérés par les Impériaux, les vaisseaux s'étaient longtemps servis de l'« ombre » de la lune, idéale pour bloquer les signaux des senseurs.

Le jeune Jedi réfléchissait à l'embuscade à venir. Dans son vaisseau clinquant, Dash Rendar le suivait. Koth Melan était son passager.

— Formation serrée, les gars ! dit Luke dans la radio. Escadrille Bleue, on arrive sur la position.

Les pilotes accusèrent réception du message. Question organisation, Skywalker avait opté pour la simplicité : chaque appareil avait un numéro et l'unité portait un nom de couleur.

— Nous y voilà. Tout le monde en position.

Les hommes obéirent, immobilisant leurs chasseurs. L'attente commençait. Si leurs informations étaient justes, le cargo sortirait de l'hyperespace à une centaine de kilomètres de là.

Le pilote du transporteur devait avoir des réflexes d'escargot. Le navire apparut bien, mais à cinquante kilomètres seulement des chasseurs.

A un cheveu près, c'eût été la catastrophe.

— Cible en vue, Escadrille Bleue. Formation d'attaque !

Le cargo n'allait pas très vite, mais comme il était plus près que prévu, ils auraient moins de temps pour agir.

Luke appela leur proie.

— Transporteur *Suprosa*, ici le commander Skywalker, de l'Alliance Rebelle. Coupez vos moteurs et préparez-vous à être abordé.

— Ici le capitaine du *Suprosa*. Vous êtes cinglés, ou quoi ? Nous convoyons de l'engrais ! Quel genre de pirates êtes-vous ?

— Comme je l'ai déjà dit, nous appartenons à l'Alliance. Hum... et disons que nous avons un grand jardin ! Ne résistez pas, capitaine, et tout se passera bien.

Il y eut un long silence. Il était possible que

l'officier ignore la véritable nature de sa cargaison, mais Luke n'aurait pas parié un crédit là-dessus.

— Ecoute, mon gars, j'ai un contrat avec STX, et mes ordres sont de livrer la camelote aux agents commerciaux de Bothawui. Pourquoi n'irais-tu pas enquiquiner un convoi d'armes, ou quelque chose dans ce genre ?

— Capitaine, coupez vos moteurs ou nous les couperons pour vous ! Avec leurs canons lasers, mes hommes peuvent tuer une mouche à mille kilomètres.

La chose était théoriquement possible, même si Luke, durant l'entraînement, n'avait vu aucun des pilotes tirer aussi bien. Mais leur adversaire ne pouvait pas le savoir.

Soudain, le transporteur largua ses soutes supplémentaires et fit demi-tour.

Il allait y avoir un peu de sport !

Luke repassa sur le canal tactique.

— Il va falloir faire de la dentelle, les gars ! Visez uniquement les moteurs ! Si vous n'êtes pas sûrs de faire mouche, abstenez-vous ! Pas question de désintégrer ce gros bébé. Allez, on y va !

L'Escadrille Bleue gagna vite du terrain. C'était absurde ! Le cargo n'avait pas d'armes, et il était beaucoup plus lent que ses adversaires. S'ils voulaient un capitaine rôti au déjeuner, il ne restait plus qu'à mettre la table. Et l'homme devait le savoir...

D2 bipa avec insistance.

— Sur écran ! lui ordonna Luke.

L'image du transporteur s'afficha. En quatre points, sur la coque, clignotaient des lumières rouges. Skywalker en repéra deux autres — des bleues. Des compartiments secrets s'étaient ouverts pour dévoiler des armes redoutables.

— Attention ! cria Luke. Ce gros poisson a des dents. Au moins quatre canons lasers et deux lance-missiles. Soyez prudents !

Au moment où un des lasers ennemis tira, Skywalker fit faire un écart à son chasseur. Le coup passa très près...

Tout compte fait, la mission n'était pas si facile que ça !

— Rompez la formation, reculez et regroupez-vous ! ordonna Luke.

Bleu Deux et Bleu Quatre, la pointe du dispositif d'attaque, étaient déjà bien engagés dans l'action.

Ils s'arrêtèrent.

Beaucoup trop tard ! Bientôt, ils ne furent plus que deux boules de feu géantes.

Le *Cavalier* et quatre vaisseaux bothans virèrent de bord avec un bel ensemble. Etant toujours assez près du cargo, Luke vit une langue de feu jaillir d'un lance-missiles.

— Attention ! cria-t-il.

— Missile repéré ! répondit Dash.

Le chasseur de Rendar plongea, ses canons crachant des rafales d'énergie. Le jeune Jedi ne voyait pas le missile, mais il lui sembla que Dash mettait bien longtemps à le désintégrer.

— Bon sang ! cria le mercenaire. Je suis sûr de l'avoir touché ! Pourquoi n'explose-t-il pas ? Il ne ralentit même pas !

— Dash ! appela Luke, laisse tomber !

— La ferme ! Je l'ai eu, tu entends ! Vas-tu ralentir, espèce de tas de ferraille !

— Missile en approche ! avertit Bleu Six. Dispersez-vous !

Les quatre chasseurs essayèrent de s'éloigner les uns des autres.

En vain ! Le missile explosa. Quand la fumée se dissipa, il ne restait rien des navires bothans.

— Je ne peux pas l'avoir raté, souffla Dash, incrédule. C'est impossible.

Fou de rage, Luke fit effectuer un looping à son aile X et fondit sur le cargo. Six de ses vaisseaux avaient été détruits en un clin d'œil. Et Dash, l'as des as, avait lamentablement manqué son coup.

Skywalker était trop en colère pour utiliser la Force. Ignorant les rayons lasers qui fusaient autour de lui, se fichant comme d'une guigne des bips de D2, il n'avait plus qu'une idée en tête : détruire les moteurs du cargo.

Il tira sans relâche, se réjouissant de voir que les boucliers de l'ennemi faiblissaient. Bientôt, les rayons atteignirent le compartiment moteur, traversèrent la coque et détruisirent les circuits.

— Comment ai-je pu rater ma cible ? gémit Dash dans la radio.

— Ferme-la ! rugit Luke. Il est trop tard pour se lamenter.

Il changea de canal et s'adressa au cargo :

— Capitaine, vos moteurs sont fichus. Si vous lancez un autre missile, votre équipage et vous subirez le même sort. Consentez-vous à vous rendre, maintenant ?

— D'accord. Fin des hostilités...

— Vous êtes désormais des prisonniers de guerre. Préparez-vous à être abordés. Si vous tenez à la vie, n'essayez pas d'endommager votre cargaison.

Luke coupa la communication.

Mon Dieu ! pensa-t-il.

Il avait perdu la moitié de son escadrille. Il aurait dû se méfier. Entre les pilotes et les canonniers, douze Bothans étaient morts dans cette affaire.

Luke aurait dû se préparer à un piège. Il aurait dû se défier de l'Empire.

Enfin, il aurait dû savoir que Dash était un bouffon hâbleur !

Le jeune homme hocha la tête. Il espérait que les informations de l'ordinateur vaudraient ce qu'elles avaient coûté.

Il l'espérait vraiment !

Leia approcha de Chewie, assis à une table de jeu avec 6P0. Les autres joueurs, prudents, avaient vite été convaincus de laisser le Wookie gagner en paix.

— Suivez-moi, dit Leia. Nous avons de la compagnie...

Chewie et 6P0 se levèrent et lui emboîtèrent le pas.

Lando était déjà en route vers leur suite, où il avait l'intention de vérifier la sécurité. Quand la représentante du Soleil Noir arriverait, il se cacherait dans la chambre, blaster au poing. Posté dans le couloir, Chewie surveillerait la porte, et 6P0 servirait de garde du corps à Leia.

Calrissian leur ouvrit, blaster dégainé.

— Tout est en place ? demanda la princesse.

— Oui, dit-il.

Il indiqua le petit bureau de la suite. Un terminal d'ordinateur était posé sur une table entourée de trois chaises. Deux portes coulissantes menaient à la chambre et à la salle de bains.

— Je me cacherai dans la chambre, rappela Lando. Au cas où la représentante du Soleil Noir voudrait se rafraîchir...

Leia s'assit. Mieux valait paraître le plus professionnelle possible.

Elle prit une grande inspiration.

Dans le couloir, Chewie grogna.
Leur visiteuse était là...
— Faites-la entrer, dit la princesse.

L'ordinateur était de la taille d'un attaché-case. Conçu d'un bloc, tout noir, il était parfaitement lisse, si on exceptait le clavier intégré à la face avant.

Koth Melan le portait sur ses deux paumes, comme un plateau.

Ils étaient à bord du *Cavalier*, dans la salle de détente. Prostré sur une chaise, Dash fixait le mur sans dire un mot. Il ne se remettait pas d'avoir manqué le missile...

Skywalker regardait l'ordinateur portable. Une nouvelle fois, il pria pour que les douze Bothans ne soient pas morts pour rien.

— Pouvez-vous accéder au programme-maître ? demanda-t-il.

— Non. Il est sûrement codé, et muni d'un système d'autodestruction. Il faudra un expert pour le « craquer ». Nos meilleurs informaticiens sont en ce moment sur Kothlis, une colonie bothane distante de quelques années-lumière. Nous allons y transporter l'ordinateur.

— J'aimerais venir avec vous, dit Luke.

— Pas de problème ! Je vous donnerai les coordonnées. Avec votre aile X, ce sera un voyage d'agrément.

— Dash, tu es de la partie ? demanda Skywalker.

Le mercenaire ne répondit pas, le regard toujours perdu dans le vague. Le coup lui avait fait très mal. Luke en était désolé pour lui.

— Dash ? répéta-t-il.

— Quoi ?

Rendar sursauta comme s'il sortait d'une transe.

Le jeune Jedi avait déjà vu ça : le traumatisme de la bataille.

— Melan, dit-il au Bothan, vos espions seraient-ils capables de localiser Leia ?

— Comme hier, elle est sur Rodia, dans le casino d'Avaro Sookcool.

Luke leva un sourcil. Ces types étaient vraiment bons !

Il jeta un coup d'œil au mercenaire. En revanche, celui-ci était tout à fait hors service. Dans cet état, l'emmener avec lui ne servirait à rien.

— Dash...

— Je l'avais dans mon viseur... Comment ai-je pu rater ça ?

— Dash !

— Hein ? Quoi ?

— Rends-toi sur Rodia, trouve Leia et parle-lui de l'ordinateur et des plans secrets de l'Empire. Tu as compris, ou il faut que je répète ?

— Je dois t'accompagner, protesta Rendar.

— Non, répondit doucement Luke, comme il l'aurait fait pour calmer un enfant. Il est plus important que tu trouves la princesse.

— D'accord... Rodia... L'Empire... plans secrets... J'ai tout retenu.

— On se retrouvera plus tard, compris ?

— Plus tard... Ouais, c'est une bonne idée...

Luke se tourna vers Melan, qui semblait compatir.

— C'est la guerre, dit-il... Il arrive sans cesse des horreurs...

Luke acquiesça. C'était un forfait de plus dont l'Empire aurait un jour à répondre.

Guri ne ressemblait à rien de ce que Leia avait imaginé. La représentante du Soleil Noir était superbe, ses longs cheveux blonds mettant en valeur la finesse de ses traits. Vêtue d'une tunique, d'un pantalon et de bottes — le tout d'un noir profond —, elle portait bas sur les hanches une ceinture de cuir rouge. Si elle avait une arme, elle était bien cachée, car Leia ne la vit pas.

Guri s'assit en face de la princesse et sourit.

— Que puis-je pour vous ?

— Hum... J'ai entendu dire que le Soleil Noir avait des espions de premier ordre...

— Il est vrai que nous collectons parfois des informations intéressantes...

— Heu... Vous avez soif ? demanda Leia, indiquant le bar et 6P0.

— Du thé, si c'est possible. Chaud...

— La même chose pour moi, ajouta la princesse.

— Vos désirs sont des ordres, dit le droïd, qui s'affaira aussitôt.

— Votre voyage s'est bien passé ? s'enquit Leia.

— A merveille ! J'ai cru comprendre qu'Avaro vous a aidé à tuer le temps plaisamment.

Le thé arriva et la conversation continua sur ce mode languissant. Bien que Leia n'eût pu dire quoi, quelque chose clochait. Guri la mettait terriblement mal à l'aise. Elle était polie et agréable, mais la princesse n'avait qu'une envie : la voir partir au plus vite.

Pour l'heure, les deux femmes ne parlèrent pas de Luke, ni du mystérieux ennemi qui voulait sa mort. Leia savait qu'elle devait tôt ou tard en venir à ce sujet. Pas question, pourtant, que ce soit ce jour-là. D'abord, il lui fallait savoir ce qui la dérangeait chez son interlocutrice.

Enfin, Guri se leva.

— Je suis désolée, mais j'aimerais pouvoir reprendre cette conversation plus tard. J'ai à faire sur une des lunes de ce monde et je risque de rater le dernier décollage de la navette.

— Je vous en prie, dit Leia, faites au mieux de vos intérêts...

— Pouvons-nous fixer un autre rendez-vous ? Dans quatre jours, par exemple ?

— Avec plaisir...

Quand Guri fut partie, Lando et Chewie rejoignirent Leia.

— Vos impressions ? demanda la jeune femme.

— Elle est froide comme la mort, dit Lando. Posez-lui des glaçons sur la tête et ils ne fondront pas. Elle très jolie, mais elle a quelque chose... d'étrange.

Leia se réjouit qu'il l'ait remarqué, lui aussi.

— 6PO ?

— Je n'ai pas pu identifier son accent. C'est curieux, surtout quand on connaît mes talents de linguiste. Elle ne fait pas de fautes, son élocution est parfaite, mais je suis incapable de dire d'où elle vient.

Chewie grogna quelque chose. A l'évidence, il n'aimait pas Guri et elle l'inquiétait.

Peu de choses pouvaient troubler ainsi un Wookie.

Quand la femme du Soleil Noir reviendrait, ils auraient intérêt à être mieux préparés.

CHAPITRE X

L'aile X de Luke sortit de l'hyperespace non loin de la planète Kothlis. Les environs ne semblaient pas infestés d'Impériaux, c'était déjà ça !

Après écoute des fréquences radio locales, Skywalker conclut qu'il n'y avait rien d'anormal.

— D2, il est temps d'aller à notre rendez-vous avec Melan. Calcule un cap, veux-tu ?

Le droïd bipa et siffla pour signifier son approbation.

— Vous êtes sûrs que ce truc va marcher ? demanda Leia.

Sur le seuil de la porte, où il était occupé à travailler avec un petit tournevis électronique, Chewbacca grogna quelque chose de peu amène.

Comme toujours, 6P0 traduisit.

— Si ça ne marche pas, dit-il, ça ne sera pas à cause d'un mauvais montage !

Leia se tourna vers Lando, qui haussa les épaules.

— Le type qui me l'a vendu prétend que c'est du

haut de gamme. Un scanner dernier cri, des senseurs surpuissants, un an d'autonomie d'alimentation... Avec l'argent qu'il m'a coûté, j'espère bien que cet engin marchera.

Chewie ulula quelque chose.

— Il est prêt pour un essai, dit 6P0.

Leia alla s'asseoir devant l'ordinateur et l'alluma.

— Il faut demander le fichier « bioscan », dit Lando.

Leia s'exécuta. Sur l'écran apparut le message : « Bioscan désactivé. » Assise en face d'elle, Guri ne pourrait rien voir de tout ça.

— Bioscan en fonction, dit-elle après avoir tapé le code idoine.

— Compris. Tout le monde dehors. Début des essais...

6P0, Lando et Chewie sortirent.

— Très bien, dit Leia. Lando, à vous l'honneur !

La porte s'ouvrit pour laisser passer Calrissian. Il avança en se tournant en tous sens, comme pour un défilé de mode.

— Et voilà le plus beau ! Profitez-en, princesse.

Leia sourit. L'homme était attachant, pour une crapule !

Puis elle baissa les yeux sur le terminal.

Le scanner dissimulé dans le cadre de la porte captait l'image de Calrissian, qui s'afficha sur l'écran. Un curseur se déplaça le long de la silhouette pour indiquer qu'un examen était en cours.

Bientôt, les résultats apparurent : le sujet était un humain de sexe masculin armé d'un blaster et d'un petit couteau, caché dans la poche gauche de son pantalon. Son pouls, son rythme respiratoire, son tonus musculaire, son poids, sa taille et sa température étaient normaux. Après analyse, Leia put même avoir une estimation de l'âge de la peau de Calrissian, avec une marge de plus ou moins un an.

A en croire cet appareil, l'ami de Yan était un peu plus vieux qu'il n'en avait l'air. Cela dit, il ne portait ni bombe ni arme chimique. Et pas davantage d'holocaméra ou d'enregistrcur.

— On dirait que ça marche. Au tour de Chewie !

Le scanner analysa le Wookie. Leia ignorait si c'était vrai, mais la machine affirmait que tous les relevés correspondaient aux normes de son espèce.

Puis ce fut le tour de 6P0. Le programme n'eut aucun mal à reconnaître un droïd.

— Eh bien, c'est concluant, dit Leia.

Le comlink de Lando bipa. Il le décrocha de sa ceinture, le leva au niveau de son visage et dit :

— J'écoute...

— Un vaisseau vient d'arriver, annonça une voix métallique. C'est le *Cavalier*...

— Dash Rendar ? s'étonna Leia. Que fait-il ici ? Il devrait être en train de protéger Luke...

Ils rencontrèrent le mercenaire sur le chemin de leur hôtel.

— Comment va Luke ? demanda aussitôt la princesse.

— Il se porte comme un charme... C'est juste qu'il n'a pas besoin de *mon* aide !

— Toi, tu n'as pas l'air d'aller fort, dit Lando. Des ennuis ?

Dash leur raconta tout. Quand il eut fini, Leia s'autorisa un soupir de soulagement. Luke était sain et sauf...

Dès qu'ils en auraient fini avec Guri, ils partiraient à la recherche de leur ami.

Tous ces mystères finiraient bien par s'éclaircir.

— Hé, les gars, regardez-moi ça ! dit un des techniciens bothans. Ça commence à rendre !

Luke entendit quelqu'un taper frénétiquement sur un clavier. Les informaticiens semblaient avoir eu raison des défenses du petit ordinateur.

— Bon sang ! dit un des hommes.

— Nom de nom, je n'en crois pas mes yeux !

— De quoi parlez-vous ? Que se passe-t-il ? demanda Luke.

Avant qu'on puisse lui répondre, la porte explosa et un homme entra, blaster au poing.

Leia souriait à Guri, assise en face d'elle comme lors de leur première rencontre.

Mais ce sourire avait pour but de cacher sa stupéfaction. D'après le bioscan, Guri n'était pas vraiment un être de chair. Hélas, le programme ne pouvait en dire plus.

— Un rafraîchissement ? proposa Leia.

— Du thé, oui.

— 6PO, deux tasses du corellien spécial fumé.

La princesse sourit de nouveau à Guri, puis baissa les yeux sur l'écran. Si le bioscan fonctionnait correctement, la peau de sa visiteuse n'avait pas plus de dix ans.

Leia chercha quelque chose pour relancer la conversation. Il fallait occuper Guri jusqu'à ce que 6PO lui apporte son « corellien spécial fumé », en réalité une potion soporifique qui la laisserait inconsciente pendant deux bonnes heures. Un délai plus que suffisant pour examiner la jeune femme et étudier ses effets personnels.

En tout cas, Leia ne s'était pas trompée. Il y avait bien quelque chose d'étrange au sujet de la représentante du Soleil Noir.

De très étrange, même !

6P0 apporta le thé. Leia croisa les doigts, espérant qu'il ne se soit pas trompé de tasse. Si Lando et Chewie étaient obligés de faire irruption dans la pièce parce qu'elle piquait un petit somme, elle en entendrait parler pendant des annécs !

Après vingt minutes de conversation mondaine, Leia comprit que la potion ne ferait pas effet. Elle était censée agir en cinq minutes — huit si on avait une constitution d'acier.

Pourtant Guri bavardait joyeusement.

Le bioscan continuait d'envoyer des informations à l'ordinateur. L'être assis en face de la princesse respirait de l'air et son cœur pompait du sang. Mais les poumons n'étaient pas normaux, pas plus que le muscle cardiaque. Et les muscles jouant sous la peau vieille de dix ans n'étaient pas constitués de matière organique...

Il y avait un problème.

Un sacré problème !

Que Guri compliqua en lançant :

— Leia Organa, ce petit jeu a assez duré !

— Pardon ?

La jeune femme blonde prit la tasse vide et la broya entre ses doigts fins et racés.

— Si vous y tenez, je peux faire ça avec votre tête. Je suppose que vous portez une arme... A votre place, je n'essayerais pas de m'en servir. Je suis beaucoup plus rapide que vous...

Leia ne se démonta pas.

— Admettons que je vous croie... Qu'attendez-vous de moi ?

— Nous allons sortir ensemble, et vous direz au Wookie de nous laisser partir en paix. Si vous ne le convainquez pas, il mourra.

— Et où irons-nous ?

— Vous verrez bien ! Contentez-vous d'obéir !

— C'est bête, mais je n'en ai pas envie. Lando ? Dash ?

La porte de la chambre coulissa. Lando et Dash sortirent, blasters pointés sur Guri.

Au même moment, la porte d'entrée s'ouvrit devant Chewie, arbalète en position de tir.

— Contre trois adversaires, dit Leia, il faut être *vraiment* rapide.

Guri ne fut pas longue à évaluer la situation.

— Vous gagnez... pour le moment. Quel est le programme ?

C'était une bonne question. Qu'allaient-ils donc bien pouvoir faire de leur prisonnière ?

Un des techniciens bothans se leva d'un bond, saisit l'ordinateur et tira sur le câble d'alimentation. L'écran devint noir.

— Va-t'en ! cria Melan. Nous te couvrons.

L'homme s'enfuit par la porte de secours dissimulée dans la cloison, au fond de la pièce.

Rapide comme l'éclair, Melan vida son blaster sur les assaillants qui continuaient à entrer. Quand l'arme fut déchargée, il la jeta avec rage sur le premier ennemi de la file.

Luke activa son sabrolaser. D'un coup précis, il désarma un de leurs agresseurs. Un instant, il se demanda pourquoi l'homme ne leur avait pas tiré dessus, mais il fut arraché à ses réflexions par l'irruption de ses compagnons.

Ils étaient une bonne quinzaine, à présent, pointant des blasters sur lui sans tirer.

Pourquoi donc ?

— Désactivez votre lame, dit une grande Barabel à l'air féroce. Vous n'avez pas une chance.

Luke dut reconnaître que c'était vrai, même s'il utilisait la Force. Il obéit.

Un des assaillants avança et lui prit son arme.

— Que voulez-vous ? demanda Skywalker à la femme qui devait être le chef.

— Vous, répondit-elle simplement.

— Vous avez l'intention de visiter la Cité Impériale comme si c'était un parc d'attractions ? grinça Dash. Princesse, vous déraisonnez.

— J'ai des relations dans la Cité... d'où vient notre amie Guri.

La jeune blonde ne broncha pas.

— Quelqu'un joue à un jeu qui ne me plaît pas beaucoup, continua Leia. Luke est en danger. Cette... hum... personne est notre seul lien avec le Soleil Noir.

— Comment comptez-vous voyager ? demanda Dash. Sur un vol commercial, peut-être ? Ils sont contrôlés et recontrôlés, savez-vous ?

— Il existe un moyen beaucoup plus simple, intervint Guri.

Leia la dévisagea, puis interrogea du regard ses compagnons.

— Que voulez-vous dire ?

— Vous désirez rencontrer le chef du Soleil Noir, c'est ça ?

— En gros, oui...

— Ma mission était de vous escorter jusqu'à lui...

— Vraiment ? Alors, pourquoi m'avoir menacée ?

— Une façon de me faciliter la vie...

— Leia, ne lui faites pas confiance ! la conjura Lando.

— Je me méfie d'elle, mais je dois l'écouter.

— Vous introduire dans la Cité Impériale sera très risqué. Je peux arrondir les angles...

— Ne vous vexez pas, mais Lando a raison : pourquoi devrions-nous vous croire ?

— Parce que je travaille pour le prince Xizor !

Lando et Dash sursautèrent. Leia les regarda.

— Xizor est le chef suprême du Soleil Noir, expliqua Rendar.

— Votre tête est mise à prix par l'Empire, comme celles de vos compagnons, continua Guri. Je peux vous fournir des déguisements, vous aider à passer les douanes, et vous guider jusqu'au prince. Ça éliminera l'essentiel des risques.

— Pourquoi Xizor veut-il me voir ?

— Vous vous êtes intéressée au Soleil Noir, et lui s'intéresse à l'Alliance. Comme preuve de sa bonne foi, il vous donnera des informations sur les tentatives d'assassinat visant Luke Skywalker. Un ami à vous, si je ne m'abuse ?

Ainsi, Xizor était au courant de tout...

— Nous sommes liés, oui... Comment savez-vous, pour les tentatives d'assassinat ?

— Moi, je ne sais rien. Le prince vous dira tout, mais il insiste pour vous voir en personne.

Leia regarda de nouveau ses amis. Voilà qui était inattendu !

Que devait-elle faire ?

CHAPITRE XI

Luke était enfermé dans une cellule.

Un garde — deux mètres de haut pour un bon mètre de large — faisait les cent pas devant la porte.

Pour tout mobilier, le cachot avait une couchette solidement boulonnée au sol. La lumière parcimonieuse accentuait l'aspect sinistre des lieux.

Soudain, la serrure se déverrouilla et la porte coulissa. Le chef du commando, une Barabel reptiloïde, vint se camper devant Luke.

— Je suppose que vous refuserez de me dire ce qui se passe ? lança le jeune Jedi.

— Pourquoi refuserais-je ? rétorqua la Barabel. De toute façon, vous ne pouvez pas changer le cours des choses. Je me nomme Skathul, et je suis chasseuse de primes. Une grosse récompense est promise à qui vous livrera vivant à de mystérieux commanditaires.

Avant que Luke puisse parler, la mercenaire continua :

— Le plus drôle, c'est qu'il y a une deuxième récompense sur votre tête. Cette fois, c'est mort qu'on vous désire. Heureusement pour vous, la première prime est beaucoup plus motivante. Donc vous ne risquez rien tant que nous ne l'aurons pas touchée...

Sur ces fortes paroles, la Barabel sortit et referma la porte.

Luke la regarda s'éloigner. Sa situation était géniale ! Capturé par une bande de hors-la-loi et vendu au plus offrant ! Par chance, le donateur qui le désirait mort était plus avare que celui qui le voulait vivant. Considérant les sommes qui devaient être en jeu, il était facile de deviner l'identité de son « sauveur ».

Dark Vador pouvait jeter son argent par les fenêtres pendant les mille ans à venir, et en avoir encore assez pour dix vies.

Luke avait intérêt à trouver une bonne idée, et vite ! S'il devait faire face à Vador, il y avait peu de chances pour qu'il survive.

L'Empereur était assis sur son trône favori, placé sur un socle d'un mètre de haut. Vador entra et mit un genou à terre.

— Je vous salue, maître...

— Relève-toi, seigneur Vador.

Le second de l'Empereur obéit. Quoi que son maître désirât, il espérait que ça ne lui prendrait pas beaucoup de temps, car ses agents venaient de l'avertir que Luke Skywalker était enfin capturé. La bande de chasseurs de primes qui le tenait demandait un peu plus d'argent. Les hommes de Vador connaissaient l'identité de ces chiens, mais ils ignoraient où ils se terraient.

Pour compliquer les choses, un autre « acheteur » s'intéressait à Luke.

Dark Vador avait dit à ses agents de ne pas marchander. L'argent ne signifiait rien en regard du Côté Obscur. Et celui-ci compterait bientôt Luke parmi ses serviteurs, quel que soit le prix à payer...

Vador aurait voulu aller chercher le Jedi lui-même, mais quitter la Cité Impériale en ce moment eût été trop dangereux. Il devait rester pour garder un œil sur Xizor.

Le prince avait réussi à semer le doute dans l'esprit du maître. Lui laisser le champ libre aurait été suicidaire.

— Tu vas te rendre sur Kothlis, dit l'Empereur, et ramener le jeune Skywalker.

Vador s'attendait à tout, sauf à ça ! Comment le vieil homme pouvait-il savoir ?

A moins que ce ne soit lui, le deuxième « acheteur » ?

Non. C'était absurde. Il venait de le charger de la mission. Il n'aurait pas favorisé ainsi un concurrent.

Xizor était à coup sûr impliqué dans l'affaire. Le mentionner n'eût pas été sage, puisque l'Empereur entendait s'occuper en personne du Prince de la Mort...

— Il y a une autre raison à ton voyage. Tu sais que les plans de la deuxième Etoile Noire sont tombés entre les mains des Rebelles.

— Oui, maître.

— Nos espions m'ont appris qu'ils ont été transférés sur Kothlis. Une étrange coïncidence, non ?

Luke et les plans présents sur la même planète ? Vador doutait qu'il s'agisse d'une coïncidence.

— Nous devons retrouver ces fichiers, continua

l'Empereur. Ta mission aura donc deux objectifs : Skywalker *et* les plans. Si tu ne parviens pas à les retrouver, détruis Kothlis pour montrer à la galaxie entière ce qu'on risque à frayer avec les Rebelles.

Vador essaya de protester.

— Ne pouvez-vous pas envoyer un de vos amiraux ? J'ai beaucoup à faire ici...

— Mieux qu'obéir à mes ordres, Vador ? demanda l'Empereur, le front plissé.

Un coup pour rien !

— Bien sûr que non, maître...

— C'est ce que je pensais... Skywalker doit être de notre côté... ou mort ! La question ne peut plus attendre.

Vador sortit, la rage au ventre. Une fois de plus, ce maudit Xizor était parvenu à manipuler l'Empereur. Pendant qu'il serait sur Kothlis, quels coups tordus ferait encore ce reptiloïde de malheur ?

Hum... Ça devrait être un voyage éclair !

Luke prit plusieurs inspirations purificatrices, comme on le lui avait appris, et tenta de se vider l'esprit. Puis il se concentra, aspira une ultime bouffée d'air et laissa la Force le connecter à l'esprit du garde en faction dans le couloir.

L'expérience le déconcerta, comme toujours. S'il n'avait pas vraiment l'impression d'être à deux endroits à la fois, il sentait qu'une partie de son cerveau n'était plus reliée à son corps, et c'était des plus étranges.

Il apprit que l'homme avait mal aux pieds et qu'il en avait assez de garder une porte que personne ne pouvait forcer...

— Ouvre ! dit Luke.

— Hein ? Qui parle ?
— Pose ton arme et ouvre la porte...
— Je... oui, je dois poser mon arme et ouvrir la porte...
A travers les barreaux, Skywalker vit l'homme lui obéir.
Super, tu le tiens ! songea-t-il.
Une erreur de débutant.
— Hein ? dit le garde, troublé.
Tu vas le perdre ! Concentre-toi !
— Ouvre la porte !
Le jeune Jedi chassa de son esprit les pensées parasites. Seul le garde importait.
L'homme introduisit une carte magnétique dans la serrure. La porte coulissa.
— Tu es très fatigué... Viens t'allonger sur la couchette, et fais un bon somme...
Subjugué par la Force, le bandit obéit.
— La couchette... un somme...
Quand il passa devant lui, Luke lui subtilisa la carte magnétique. Puis il sortit et regarda à droite et à gauche.
Personne !
Il referma la cellule, laissa tomber la carte sur le sol, et s'empara du fusil-blaster du chasseur de primes, qui ronflait déjà comme un sonneur.
Il ne lui restait plus qu'à trouver une sortie. Avec un peu de chance, il faudrait des heures avant qu'on s'aperçoive de son évasion.
Avant de partir, il allait tenter de retrouver son sabrolaser. Après les journées passées à le fabriquer, il aurait été trop bête de l'abandonner à l'ennemi.
La Force étant avec lui, il pouvait tout réussir.

C'est presque trop facile, songea Skywalker en saisissant la poignée de son arme. La petite armurerie était vide, tout le monde semblait dormir, et son comlink, posé sur une table, lui tendait les bras.

Quand il aurait contacté D2, celui-ci enverrait un signal pour lui indiquer la position de l'aile X. Une fois à bord de son chasseur, Luke n'aurait plus rien à craindre de ce ramassis de miteux.

Il posa le fusil-blaster sur la table et tendit une main vers le comlink.

— Qui va là ? cria une voix. Un seul geste, et je tire !

Trop facile, vraiment ?

CHAPITRE XII

Luke avait toujours son sabrolaser dans la main droite. Il affermit sa prise sur la poignée, activa la lame et se retourna lentement.

— Désolé, je croyais que c'était la salle de bains...

Son adversaire était un Nikto. Ses yeux entourés d'écailles s'écarquillèrent quand il reconnut le prisonnier.

Il tira et un dard d'énergie jaillit vers Luke. Laissant la Force guider ses gestes, Skywalker para le coup avec sa lame. Le rayon, véritable boomerang, vint percuter le pied du tireur.

Beuglant comme un veau, le Nikto lâcha son arme et se mit à sautiller sur sa jambe valide.

Adieu l'évasion discrète dont rêvait Luke !

Il bondit sur son agresseur blessé, le bouscula sans ménagement et sortit. Une fois dans le couloir, il constata que des portes étaient en train de s'ouvrir un peu partout. En pyjamas, mais l'arme au poing, des chasseurs de primes émergèrent de leurs chambres.

Jouant du sabrolaser, Skywalker se fraya un chemin vers la liberté. Voyant leurs tirs revenir vers eux, ses adversaires s'écartaient à la hâte. Hélas, il n'avait pas la moindre idée d'où se trouvait la sortie.

Devant lui, sur sa gauche, la cloison se désintégra soudain. Des débris fusèrent dans toutes les directions et la fumée envahit le couloir.

— Luke ! cria quelqu'un.

Il connaissait cette voix.

— Lando ? Je suis par là !

Un nouveau blaster cracha la mort, mais celui-ci ne visait pas Luke. Les chasseurs de primes tombèrent comme des mouches...

Calrissian apparut, émergeant de la fumée telle une antique divinité.

— C'est toi qui as appelé un taxi ? demanda-t-il avec un grand sourire.

— Moi ? Tu rigoles ? Je m'amuse trop pour vouloir partir !

Luke pivota et, abattant sa lame, coupa net le canon d'un fusil-blaster. L'arme commença à chauffer dans la main de son propriétaire, bientôt contraint de la lâcher.

Lando passa le premier, son blaster faisant des ravages. Skywalker protégeait leurs arrières. Quand ils eurent traversé la cloison éventrée, ils se retrouvèrent sous un ciel nocturne semé d'étoiles.

— Le landspeeder que j'ai... hum... emprunté... est garé tout à côté. Le *Faucon* nous attend dans un parc, à cinq minutes d'ici. 6P0 veille dessus.

— 6P0 ? Où sont Leia et Chewie ?

— C'est une longue histoire... Je te la raconterai quand nous serons en sécurité.

— Comment m'as-tu trouvé ?

— Dash m'a dit sur quelle planète tu étais. J'ai entendu parler de l'attaque de la Mission Commerciale bothane, et j'ai su additionner deux et deux. Avec l'aide de quelques autochtones qui me doivent un service, il n'a pas été difficile de te dénicher.

Lando se baissa. Un rayon laser passa cinquante centimètres au-dessus de sa tête.

— Et si on y allait ? proposa-t-il.

— Bonne idée !

Ils coururent vers le landspeeder, une meute de chasseurs de primes aux basques.

— Quelle joie de voir que vous allez bien, messire Luke ! dit 6P0 quand ils furent à l'abri à l'intérieur du *Faucon*.

— Je suis content de te revoir aussi, 6P0, répondit Skywalker.

Lando les bouscula presque pour aller s'asseoir dans le fauteuil du pilote.

— Il faut se presser, Luke ! lança-t-il. Les chasseurs de primes ne sont pas notre seul souci. Un convoi militaire impérial se dirige vers cette planète. Il vient de sortir de l'hyperespace et d'entrer dans le système...

Luke s'assit à côté de son ami.

— Il y a des connaissances à nous dans le lot ?

— Je ne suis pas passé assez près pour lire les plaques d'identification ! Le vaisseau amiral est un destroyer, c'est tout ce que je peux dire.

— Classe *Victoire* ?

— Plus grand que ça...

— *Impériale ?*

— Tu brûles ! Encore un effort...

Ebahi, Luke regarda Lando.

— Non !...

— Si ! Un destroyer classe *Super* !

— L'*Executor* ?

— Comme je te l'ai dit, je n'ai pas pu lire les noms. Mais il n'y a pas des dizaines de superdestroyers. Et l'Empire ne déplace pas ces mastodontes pour le plaisir...

Luke contempla un moment l'espace. Etait-ce Dark Vador ? Si oui, que faisait-il dans ce secteur de la galaxie ?

— Vérifions les systèmes et fichons le camp ! dit Lando. Je n'ai pas envie de moisir ici !

— J'avais cru comprendre... Une minute ! Je dois envoyer un message. D2 est dans mon aile X.

— Je sais. Figure-toi que je l'ai repéré ! J'ai prévu un rayon tracteur pour récupérer le chasseur quand nous le survolerons. Ensuite, nous le remorquerons. (Lando désigna l'écran de contrôle.) Puis nous activerons l'hyperdrive et nous filerons aussi vite que possible. Même si ça n'est pas le superdestroyer de Vador, il n'est pas là pour nous faire des câlins.

Luke acquiesça et se pencha sur le tableau de bord.

— Nous allons où ?

— Retour sur Tatooine. Ordre de Leia.

— Et elle, où est-elle ?

— Nous en parlerons plus tard, d'accord ? Tous les systèmes sont opérationnels ? (Luke fit oui de la tête.) Attache ta ceinture, 6P0 ! Ça va secouer !

Une centaine de commandos en armure blanche cernaient le bâtiment, prêts à désintégrer quiconque se montrerait.

Dark Vador regardait la brèche qui béait dans un mur. Il n'avait pas besoin d'entrer pour savoir que Luke n'était plus là. Dans le cas contraire, il aurait senti sa présence.

Le Seigneur Noir était furieux.

A côté de lui, le capitaine des commandos attendait qu'il lui donne un ordre.

— Qu'on m'amène le survivant qui ressemble le plus à un officier, dit enfin son chef.

— Compris, seigneur !

Sur un geste du capitaine, une escouade entra dans la bâtisse. On entendit des décharges de blasters.

Le temps passa...

Puis deux Impériaux sortirent, traînant un homme qu'ils conduisirent devant Vador.

— Sais-tu qui je suis ? demanda le seigneur.

— Bien sûr, grand Dark Vador !

— J'ai appris que quelqu'un d'autre voulait Skywalker. De qui s'agit-il ?

— Je l'ignore...

Vador leva un bras pour frapper.

— Non ! Pitié ! Je ne sais rien ! Nous avons traité avec des intermédiaires...

Le second de l'Empereur regarda le chasseur de primes et sentit qu'il ne lui disait pas tout.

— Tu as une idée sur la question..., dit-il.

C'était une affirmation.

— J'ai entendu des rumeurs...

— Je t'écoute.

— On dit que c'est le Soleil Noir.

Bien sûr, pensa Vador. *Qui d'autre ?*

— Et cet autre... acheteur... le voulait aussi vivant et en bonne santé ?

— Non, seigneur. Mort.

Vador tourna les talons, oubliant sur-le-champ le prisonnier. Tout était clair ! Xizor cherchait à lui couper l'herbe sous le pied. Pour lui nuire, quoi de plus efficace que de tuer son fils et de le rendre ridicule aux yeux de l'Empereur ?

— On retourne au vaisseau, dit le seigneur au capitaine.

— Que fait-on du prisonnier ? demanda l'officier.

— Relâche-le. Il n'a aucune espèce d'importance.

Vador s'éloignait déjà à grands pas.

Lando sortit de l'orbite de Kothlis et se dirigea vers l'espace interplanétaire.

— Les chasseurs de primes ont-ils pris l'ordinateur ? demanda-t-il à Luke.

— Non. Je crois qu'ils n'en avaient rien à faire. Un technicien s'est enfui avec...

— Si c'est vrai, les Bothans trouveront un moyen de le remettre à l'Alliance. On peut compter sur eux...

— Ainsi, nous saurons tôt ou tard le fin mot de l'histoire...

Guri guidait Leia et Chewie dans les sous-sols de la Cité Impériale. La princesse était déguisée en chasseuse de primes ubese : armure intégrale, casque et brouilleur de voix. Chewie, fourrure coupée court sur la tête, était censé ressembler à un mercenaire de l'espace.

Ils marchaient depuis des heures, passant par des tunnels de plus en plus étroits. Enfin, ils arrivèrent devant une lourde porte que Guri déverrouilla.

Stupéfaite, Leia découvrit qu'ils étaient dans une sorte de station de métro désaffectée.

Un homme les attendait. Petit, costaud et parfaitement chauve, il portait un blaster sur la hanche gauche.

— Suivez-le, dit Guri.

— Où allons-nous ? demanda Leia.

— Ça ne vous regarde pas. Obéissez et vous verrez le prince... bien assez vite !

Le chauve approcha de la princesse.

— Par ici ! dit-il.

Il les conduisit jusqu'à un petit véhicule motorisé garé devant le bâtiment. Ils s'engagèrent dans un tunnel et roulèrent longtemps...

Leia se tourna vers Chewie et regretta de ne pas pouvoir mieux lire ses expressions. Il semblait calme. Plus calme qu'elle.

Ils s'arrêtèrent dans une immense salle, près d'une plate-forme gardée par six soldats armés jusqu'aux dents.

Leur chauffeur descendit du véhicule.

— Suivez-moi, dit-il.

Ils lui emboîtèrent le pas dans un labyrinthe de couloirs. Soudain, la lumière s'éteignit.

— Continuez à marcher, déclara l'homme. Je vous dirai où tourner.

Ils avancèrent dans le noir durant cinq minutes. Quand la lumière revint, Leia était complètement désorientée — l'effet recherché, sans nul doute !

L'araignée tapie au centre de cette toile n'entendait pas qu'un indésirable puisse retrouver son chemin.

Au bout d'un énième couloir, la princesse découvrit une impressionnante porte de bois gardée par deux hommes armés de blasters.

On leur ouvrit sans poser de question.

— C'est tout droit, dit le chauve.

Sur ce, il tourna les talons et s'en fut.

Le cœur battant, Leia regarda Chewie. Rassemblant tout son courage elle passa le seuil.

Un grand Falleen se leva de derrière son bureau et lui sourit.

— Princesse Leia Organa ! Chewbacca ! Bienvenue, mes amis. Je suis Xizor.

Leia avait en face d'elle le chef de la pire organisation criminelle de la galaxie.

S'il ne pouvait pas répondre à ses questions, c'était à désespérer de tout.

CHAPITRE XIII

Xizor était ravi. La jeune femme assise en face de lui, flanquée de son garde du corps poilu, allait lui être aussi utile qu'il l'avait espéré. Jusque-là, ils avaient parlé de banalités et... menti !

Le prince s'était déclaré honoré qu'une tête pensante de l'Alliance lui rende visite. Leia avait feint de ne pas être révulsée par le palmarès criminel du Falleen.

Qu'importait ! L'essentiel, c'était que la princesse soit entre ses griffes.

A partir de maintenant, Leia Organa penserait ce qu'il lui dirait de penser. Depuis son arrivée, il avait lâché dans l'air certains des composants biochimiques de sa peau. Le Wookie n'avait rien remarqué, mais la jeune femme commençait à répondre à ces stimuli. Bientôt, elle se sentirait attirée par lui, le voyant comme un homme plein de qualités et digne de confiance.

— Vous devez être épuisée par votre voyage, dit-il. Reposez-vous un peu avant que nous ne passions à des sujets plus sérieux. Mon majordome, Howzmin, vous montrera vos quartiers. On vous fournira d'autres vêtements. Faites un peu de toilette et revenez me voir dans quelques heures.

Xizor tournait ses phrases afin qu'elle comprenne que le Wookie n'était pas concerné par l'invitation. Pour lui, il avait des plans très différents.

Mais toutes ses manœuvres visaient un même objectif : la mort de Luke Skywalker.

D'une manière ou d'une autre.

Xizor sourit quand la porte de ses appartements s'ouvrit sur une Leia resplendissante.

— Entrez, Leia. Voulez-vous un verre ? Du brandy de Lurania ? Du champagne vert ?

— Du thé ira très bien, votre seigneurie.

— Appelez-moi Xizor, voyons ! Maintenant que nous sommes seuls, oublions les titres.

Leia le regarda servir le thé. L'homme lui paraissait brillant comme un diamant, et la tête lui tournait. Elle alla jusqu'au divan et s'assit à un bout, résolue à se détendre. Mais sa tension augmentait plutôt...

Xizor lui tendit une tasse fumante et prit place à l'autre extrémité du divan.

— Ainsi, commença-t-il, l'Alliance aimerait avoir des rapports d'affaires avec le Soleil Noir.

Il avala une gorgée du liquide ambré qu'il s'était servi.

Leia trouva sa façon de boire fascinante.

Elle essaya de reprendre ses esprits.

— Eh bien... hum... il est vrai que nous... que l'Alliance envisage une telle alliance.

L'Alliance envisage une alliance ? Ma fille, tu parles n'importe comment !

Xizor ne parut pas remarquer la pauvreté de son vocabulaire.

— Eh bien, une... relation... de ce genre pourrait être profitable aux deux partis.

La princesse tenta de s'éclaircir les idées.

— Je... nous... l'Alliance pense que ses buts ct ceux du Soleil Noir sont très différents. Mais nous avons un ennemi commun : l'Empire.

— Et les ennemis de mes ennemis sont mes amis, n'est-ce pas ? Leia, nous sommes des amis...

Oh ! oui, pensa la jeune femme. Ils étaient amis. Xizor était même son *meilleur* ami.

Mais quelque chose n'allait pas... Elle se sentait trop bien. Mieux que jamais dans sa vie.

Ça n'était pas normal !

Dans l'hyperespace, Dark Vador réfléchissait à la suite de son plan. Il était arrivé trop tard pour prendre livraison de Luke, mais il avait quand même planté le drapeau de l'Empire sur Kothlis et détruit un petit spatioport. Que celui-ci n'ait rien à voir avec la Rébellion importait peu. L'essentiel, c'était de semer la terreur !

Une moitié de sa mission était peu ou prou remplie, mais pas la plus importante.

Et il n'avait toujours aucune preuve contre Xizor ! Le témoignage d'un chasseur de primes minable ne convaincrait pas l'Empereur. Il en faudrait plus pour détruire la réputation du prince.

Très bien ! Il en aurait plus ! Ce serait facile, maintenant qu'il savait quoi chercher...

CHAPITRE XIV

Xizor ronronna presque de plaisir quand il comprit que la princesse Leia était tombée sous son charme. Il la tenait...

Hélas, un crétin frappa à sa porte !

Qui osait le déranger à un moment pareil ?

Leia sursauta, les yeux écarquillés. Dehors, quelqu'un faisait un vacarme du diable !

Le Wookie ! Que fichait-il là ?

Troublée, Leia marmonna :

— Je ferais mieux d'aller voir ce qu'il veut...

— Restez assise. Je vais nous débarrasser de lui.

— Non... Je préfère m'en charger...

Xizor jubila de constater qu'elle était toujours sous son contrôle malgré l'interruption.

— Comme il vous plaira...

Il la regarda se lever et marcher en titubant vers la sortie.

Ce n'est que partie remise, très chère !

Leia déverrouilla la porte, qui s'ouvrit en grand.

Le Wookie grogna frénétiquement. Xizor ne comprenait pas grand-chose à son langage, mais le fond du message était limpide.

Le grand enquiquineur poilu voulait que la princesse vienne avec lui.

— Je suis au milieu d'une... conversation... délicate. Ça ne peut pas attendre ?

Le Wookie insista. Plus intelligent qu'il n'en avait l'air, il devait sentir que quelque chose ne tournait pas rond.

Leia se tourna vers le prince.

— Je devrais peut-être aller voir ce qu'il veut ?

Puisqu'elle était sous son contrôle, le Falleen pouvait donner du mou à sa laisse.

— Comme vous voudrez. Je vous attends ici...

Il lui fit un petit signe de la main.

Elle reviendrait, ça ne faisait pas de doute...

Devant la porte des appartements de Xizor, Leia foudroya Chewie du regard.

— J'espère que c'est important !

Puis la princesse aperçut Howzmin, étendu sur le sol, mort ou évanoui.

Chewie la prit par le bras et la tira dans le couloir.

— Lâche-moi, espèce de casse-pieds !

Le Wookie ne prêta pas l'oreille à ses protestations. Avisant une alcôve, sur la droite, il y poussa Leia et entra derrière elle.

— Tu regretteras ton comportement, sale...

Chewie lui plaqua une main sur la bouche ; de l'autre, il désigna le plafond. La jeune femme aperçut le petit microphone caché dans une moulure.

— Quelqu'un écoute ? souffla-t-elle quand Chewie l'eut lâchée.

Il fit signe que oui.

— Et on nous regarde ?

Le Wookie secoua la tête.

C'était pour ça qu'il l'avait amenée là, réalisa la jeune femme. Ce devait être un des points aveugles du système de surveillance.

Chewie essayait de la protéger.

A cet instant, l'attirance qu'elle éprouvait pour Xizor s'évapora. Le Falleen était un criminel, un ennemi de l'Alliance et de toutes les valeurs qu'elle défendait. Avait-il utilisé une drogue ? Quelque chose dans le thé, peut-être...

C'était la seule explication.

Et Luke, dans tout ça ?

En se posant cette question, Leia fut frappée par une évidence : ce n'était pas Dark Vador qui voulait la mort du jeune Jedi...

Comme Vador s'y attendait, l'Empereur ne fut pas convaincu par ses accusations contre Xizor.

— Tu me déçois, seigneur Vador. Je sens que ton jugement est influencé... hum... par des considérations personnelles.

— C'est inexact, maître. Je m'inquiète des sombres menées de ce forban. S'il a vraiment l'intention de faire assassiner Skywalker...

L'Empereur lui coupa la parole.

— Vador, pour que je me retourne contre un allié si précieux, il faudrait plus que les divagations d'un chasseur de primes. Xizor nous a indiqué les coordonnées de la base rebelle de Baji. Il a mis sa flotte commerciale à notre disposition. Que te faut-il de plus ?

— Je n'ai rien oublié de tout ça, maître, dit Vador

d'un ton qui se voulait serein. Mais je n'oublie pas non plus ma promesse d'attirer Skywalker vers le Côté Obscur. S'il meurt avant que je ne le capture, ça ne sera pas possible.

— Jusqu'à ce jour, le jeune Skywalker a réussi à rester vivant. Si la Force est vraiment avec lui, il survivra assez longtemps pour que tu lui mettes la main dessus. Enfin... Puisque ça te paraît si important, je te permets de consacrer un peu de temps à la recherche de ton Jedi. Mais trouve-le vite, car d'autres missions t'attendent. Ma décision te convient-elle ?

— Oui, maître.

Vador tenait à retrouver son fils, mais il voulait aussi constituer un dossier en béton contre Xizor. Chacune de ces tâches était un défi. Les mener à bien en même temps serait un exploit.

Avec l'aide du Côté Obscur, il pouvait tout réussir...

Leia prit une profonde inspiration, et ouvrit la porte des appartements de Xizor.

Le chef du Soleil Noir était toujours assis sur le divan, un verre à la main. Il sourit en la voyant.

— Je commençais à m'inquiéter...

La princesse lui sourit en retour, espérant qu'il ne remarquerait pas à quel point elle se forçait. Toujours sensible au charme du Falleen, elle se sentait à présent capable d'y résister.

Il fallait qu'elle occupe le prince assez longtemps pour que Chewie puisse s'enfuir. Le Wookie n'avait pas aimé ce plan, mais elle l'avait convaincu qu'il lui serait plus utile libre et capable de lui ramener de l'aide.

— Revenez vous asseoir près de moi, dit Xizor.

Ça n'était pas une demande, mais un ordre.

Contrariante, Leia approcha du bar.

— Permettez d'abord que je me fasse du thé, dit-elle. Je suis assoiffée.

Elle prit son temps pour préparer la boisson, puis elle se servit une tasse et entreprit de la boire sans faire un pas vers le Falleen.

— Venez ici ! s'impatienta-t-il.

Leia posa sa tasse et se dirigea vers le divan.

Xizor sourit de plus belle. Il était tellement sûr de la dominer...

— Asseyez-vous près de moi...

— Non.

Le prince posa son verre puis se leva d'un bond.

— Quoi ?

— J'ai décidé que l'Alliance ne peut pas négocier avec le Soleil Noir. En tout cas, pas aujourd'hui.

— Ainsi, vous me résistez ?

— Vous avez bien compris...

Xizor hocha la tête.

— Je suis ravi d'avoir affaire à une adversaire de valeur. (Il s'inclina bien bas.) Guri !

Derrière lui, un panneau mural coulissa. La réplico-droïd entra dans la pièce.

— Conduis-la dans ses quartiers et enferme-la. (Il se tourna vers Leia.) Princesse, un jour ou l'autre, vous réaliserez que je ne suis pas de si mauvaise compagnie que ça.

— A votre place, je ne parierais pas là-dessus.

Guri prit le bras de Leia.

Chewie, j'espère que tu as réussi... Sinon, je ne donne pas cher de nos vies !

Après que Guri eut emmené Leia, Xizor sirota un autre verre de champagne vert. Puis il appela le chef de la sécurité du château.

— Le Wookie s'est-il enfui ?

— Oui, prince.

— Tu t'es arrangé pour qu'il ne trouve pas son évasion trop facile ?

— Il a assommé cinq de nos hommes, seigneur. Pendant qu'il courait dans un couloir, nous lui avons roussi les poils avec nos blasters. Croyez-moi, il ne se doutera de rien.

— Parfait.

Xizor coupa la communication et sourit. Il avait prévu de laisser partir le Wookie, mais pas si tôt.

Qu'importe ! L'essentiel, c'est que le plan se déroule comme prévu...

Chewbacca contacterait sûrement Luke. Héroïque, le jeune homme allait courir à la rescousse de la princesse. Et il tomberait entre les mains des agents du Soleil Noir.

Un jeu d'enfant.

Un bip signala au prince qu'on l'appelait sur la fréquence interplanétaire. Un message prioritaire.

— J'écoute.

— Prince, nous avons des nouvelles de Skywalker. Il a été capturé par des chasseurs de primes et conduit sur Kothlis. Mais il y a un problème...

— Lequel ?

— Il semble qu'il soit parvenu à s'évader... Et Dark Vador est entré dans le jeu. On l'a vu près du repaire des chasseurs de primes, quelques heures après les événements.

Xizor éclata de rire.

— Prince... que se passe-t-il ?

Enfin des bonnes nouvelles ! Dark Vador n'avait toujours pas Skywalker.

Tôt ou tard le jeune Jedi viendrait pour essayer de sauver la princesse.

Tout ça grâce à cet idiot de Wookie !

Calrissian ne voulait pas s'arrêter, mais Luke insistait tant que résister devenait difficile.

— Lando, tu as sans doute une raison de refuser de me dire où est Leia, mais je sens que quelque chose ne tourne pas rond. La Force me souffle que notre amie est en danger ! Alors, essayons de savoir si c'est vrai, d'accord ?

— Ça ne peut pas attendre qu'on soit sur Tatooine ?

— Non !

— Bon, tu m'as eu ! Mais n'oublie pas ce que je fais pour toi aujourd'hui. Tu me dois une faveur.

Lando fit sortir le *Faucon* de l'hyperespace. Puis il calcula un cap pour le système planétaire le plus proche.

Il fallait bien dénicher un endroit d'où appeler...

Sur une lune, ils trouvèrent une station technique équipée d'une unité de communication publique. Ne négligeant aucune économie, Lando utilisa une carte magnétique volée pour payer l'appel.

— Ne te fais pas de souci pour la facture, dit-il à Luke, c'est l'Empire qui régale.

Pendant que son compagnon bricolait l'unité pour s'assurer que la conversation ne serait pas enregistrée, Luke composa le numéro de Dash.

Le mercenaire ne répondit pas, mais il avait laissé un message automatique.

— Tu as le code qui permet de l'écouter, Lando ?

— Oui.

Luke saisit la séquence de chiffres. L'image qui apparut alors stupéfia les deux hommes.

Un Wookie avec une coupe de cheveux ridicule ! Tout d'abord, Luke ne le reconnut pas.

Puis il parla — grogna, plutôt.

C'était Chewie !

— Bon sang ! s'exclama Lando.

— Que dit-il ? demanda Luke, soudain mort d'angoisse.

Calrissian traduisit :

— Leia est prisonnière du Soleil Noir, dans la Cité Impériale. C'est elle qui a ordonné à Chewie de s'échapper...

La transmission s'interrompit abruptement.

— Allons-y ! cria Luke.

— Sur Tatooine ? proposa Lando.

— Non...

— J'étais sûr que tu allais dire ça, soupira l'ancien gouverneur de la Cité des Nuages.

CHAPITRE XV

— Messire Luke, dit Z-6P0, je ne crois pas que ce soit une bonne idée. Il serait préférable que D2 et moi venions avec vous et maître Lando.

D2 bipa son approbation.

— Non, vous serez bien mieux dans le vaisseau. Si nous avons besoin d'aide, nous vous appellerons. D'ailleurs, ce sera beaucoup plus dangereux dehors qu'ici.

— Dans ce cas, peut-être ferions-nous mieux d'obéir..., dit le droïd doré.

D2 protesta vivement.

— N'as-tu pas entendu, petit indiscipliné ? Messire Luke a besoin que nous restions sur le vaisseau au cas où les choses tourneraient mal !

— Comment le pourraient-elles ? railla Lando. Des avis de recherche nous concernant sont cloués sur tous les arbres de la galaxie, et nous allons nous promener au cœur même de l'Empire ! De vraies vacances !

Luke contre-attaqua.

— Lando, si tu étais un chasseur de primes ou un agent de l'Empire, quel serait le *dernier* endroit où tu nous chercherais ?

— Ouais, pas mal raisonné. Qui nous penserait assez idiots pour faire ça ? Et pourtant, nous le sommes...

Luke haussa les épaules. Ce bavardage visait à rendre la situation moins tragique. En réalité, l'aventure était des plus dangereuses. Grave, le Jedi s'adressa à 6P0 :

— Soyons honnêtes, nous avons peu de chances d'en revenir. Si tu ne nous revois pas, ne demande pas d'aide à l'Alliance. Il n'y a aucune raison de mettre la flotte en danger...

— Compris, messire.

D2 bipa et siffla en tournant sur lui-même. A l'évidence, il était bouleversé.

Luke se pencha vers le petit droïd et posa une main sur son dôme.

— Reste aux commandes, d'accord ? En cas de besoin, nous t'appellerons. Si nous avons des ennuis, vous pourrez venir nous récupérer. 6P0 a des bras et des jambes, et tu sais naviguer. Ensemble, je suis sûr que vous pourrez piloter le *Faucon*.

Luke et Lando sortirent du hangar où une « relation d'affaires » de ce dernier les avait autorisés à cacher le navire. Maintenant, ils allaient devoir trouver un moyen de pénétrer dans la forteresse du Soleil Noir.

Xizor se prélassait dans sa baignoire, une merveille creusée dans du marbre noir.

C'était l'unique endroit où il se relaxait totalement. A part de la musique douce, quand il était d'humeur à l'écouter, rien ni personne n'avait le droit de partager avec lui ce moment de détente.

Sauf Guri.

Approchant de la baignoire, elle tendit au prince un petit comlink.

— C'est l'Empereur...

Xizor prit l'appareil.

— Je vous écoute, maître...

— Xizor, je quitterai bientôt la planète pour aller inspecter le... chantier... que tu connais. A mon retour, j'aimerais te voir. Nous avons des choses à nous dire, je crois...

— Comme il vous plaira, maître.

— Des histoires concernant un certain Luke Skywalker sont arrivées jusqu'à mes oreilles. Il semble que tu t'intéresses à ce jeune homme...

— Skywalker ? J'ai déjà entendu ce nom, mais de là à dire qu'il m'intéresse...

— Nous en reparlerons...

L'Empereur coupa la communication.

Xizor posa le comlink sur le rebord de la baignoire et s'immergea de nouveau dans son bain. Depuis le début, il savait que l'Empereur finirait par avoir vent de ses plans. Ça n'avait rien de dramatique, à condition de demeurer prudent.

Des rumeurs n'étaient pas des preuves...

Luke et Lando se trouvaient dans une gare, juste au-dessous du premier niveau de la Cité Impériale. La plate-forme d'attente était bondée ; des commandos en armure et des officiers de l'Empire se promenaient un peu partout. Lando s'approcha pour parler à l'oreille de Luke.

— Tu ne crois pas qu'on devrait se trouver un déguisement ?

— Tu as une idée ?

— Pour passer inaperçus, je ne vois pas trente-six solutions...

— Une armure de commando ?

— Oui ! Ou mieux, de commando d'élite. Ceux-là ont le visage caché et personne ne se risquerait à leur chercher des noises.

Luke regarda autour de lui.

— J'en vois un de ma taille, par là, à côté du droïd qui vend les billets.

— Il y en a un de la mienne près du distributeur de journaux. Nous devrions faire notre devoir de citoyens de l'Empire et aller dire à ces gentlemen que quelque chose de bizarre se passe dans les toilettes...

— Ce serait civique, en effet.

Les deux hommes échangèrent un grand sourire.

Vador se tenait au pied de la rampe d'embarquement de la navette personnelle de l'Empereur.

Le vieil homme se retourna pour lui parler.

— Je pense être de retour dans trois semaines... Crois-tu pouvoir empêcher la planète d'exploser pendant mon absence ?

— Oui, maître.

— Je n'en attendais pas moins de toi. Des nouvelles de Skywalker ?

— Pas encore, mais nous le trouverons...

— Et peut-être plus tôt que tu ne le crois...

— Eh bien, dit Luke, cet environnement me plaît plus que le précédent, mais où allons-nous exactement ?

— Là ! répondit Lando, un index pointé devant lui.

Grâce aux deux gardes qui leur avaient « prêté » des uniformes, Luke et lui étaient désormais déguisés en commandos d'élite.

— Une herboristerie ? s'étonna le jeune Jedi.

— Ne te laisse pas abuser. Elle est tenue par un vieil Ho'Din nommé Spero. Il a un tas de relations dans l'Empire, au sein de l'Alliance et dans les organisations criminelles.

— Laisse-moi deviner : il te doit une faveur ?

— Pas exactement... Nous avons travaillé ensemble par le passé et il ne répugne pas à échanger quelques informations contre des crédits...

Ils entrèrent dans la boutique mais ne trouvèrent pas trace du propriétaire. A part eux, l'endroit était désert.

— Personne..., constata Luke. C'est curieux, non ?

— Ouais, plutôt...

Derrière eux, quelqu'un grogna. Sans comprendre de quoi il s'agissait, Skywalker reconnut le langage... du wookie !

— Du calme, l'ami, dit Lando. Personne ne va faire de geste brusque...

Il leva les mains et fit comprendre à Luke de l'imiter.

Le Wookie grogna de nouveau.

Cette voix leur rappelait quelque chose...

— Retourne-toi lentement, dit Lando à son compagnon.

Les deux hommes firent face au Wookie.

— Chewie ! s'exclama Lando !

Malgré les casques et l'armure, Chewbacca les reconnut et baissa son arme.

Luke et Lando saluèrent joyeusement leur ami.

— Qu'est-il arrivé ici ? demanda Calrissian.

Pendant que Chewie essayait de répondre, il le bombarda de nouvelles questions. Luke ne comprit pas grand-chose à ce dialogue, mais il était content de revoir le Wookie.

Enfin, Lando se décida à traduire :

— Le propriétaire est ligoté dans l'arrière-boutique. Si un Impérial a vu Chewie entrer, il ne pensera pas que le Ho'Din l'a aidé. (Le Wookie recommença à parler.) Un peu moins vite, mon vieux, je n'arrive pas à suivre.

Le copilote poilu du *Faucon* parvint à se calmer.

— D'accord, j'ai tout compris ! Luke, Leia pense que c'est le Soleil Noir qui veut ta mort, pas l'Empire. De plus...

Une décharge de blaster interrompit Calrissian. Passant par la porte ouverte, le rayon fracassa un pot de fleurs accroché au plafond. Des morceaux de céramique et de la terre gorgée d'humidité tombèrent sur Luke.

Dans la rue, quatre hommes attendaient, blaster au poing. Quelle que soit leur appartenance, ils ne portaient pas d'uniforme.

Chewie, Lando et Luke s'accroupirent. Le Wookie leva un bras et tira plusieurs fois sur leurs assaillants.

— Qui sont ces types et pourquoi nous canardent-ils ? demanda Luke.

— Comment le saurais-je ? grommela Lando.

Dégainant son blaster, il fit feu à son tour. A en juger par la salve de rayons qui lui répondit, il n'avait pas dû toucher grand monde.

— Il y a une autre sortie ? cria Luke.

Chewie lui répondit d'un grognement plein de conviction.

— Dans l'arrière-boutique ! traduisit Lando.

Chewbacca et lui tirèrent encore un peu, puis les trois Rebelles battirent en retraite.

Ils passèrent devant un Ho'Din bâillonné et ligoté.

— Désolé, vieux frère, lui lança Lando. Envoie ta facture à l'Alliance, on te payera la casse !

Chewie ouvrit la porte en usant de méthodes musclées. Puis il se jeta à terre juste à temps pour éviter une décharge de blaster.

— On est cernés ! cria Lando.

Avant que Luke ait réfléchi à une solution, des cris se firent entendre. Dehors, on tirait sur leurs adversaires...

— Bon sang, que..., commença Lando.

Luke releva prudemment la tête et aperçut une silhouette. Le type marchait en roulant des mécaniques.

Dash Rendar ! se lamenta intérieurement Luke. *Il me sauve encore la vie ! Bon sang, ça ne va pas devenir une habitude !*

— Salut, les gars ! lança le mercenaire. On dirait que je vous ai sortis d'un sacré mauvais pas !

Crâneur, il fit tourner le blaster autour de son index et souffla sur le canon.

Luke se leva et ouvrit la bouche, mais Lando le devança d'un souffle.

— Rendar, que fiches-tu ici ?

— Je vous sauve la peau, comme d'habitude. Ça devient ma spécialité. Si on se tirait d'ici ? On parlera en marchant. Les rigolos qui attendent devant la boutique vont finir par se poser des questions...

Ils sortirent et s'engagèrent dans un labyrinthe de ruelles et de tunnels propres à semer n'importe quel poursuivant.

— Dash, vieille canaille, comment es-tu arrivé jusqu'ici ? demanda Lando.

— Le truc habituel. J'ai glissé mon vaisseau sous le ventre d'un cargo. C'est un moyen d'éviter les senseurs, tous les cadets l'apprennent à l'Académie...

— J'ai compris pour la planète, dit Luke, mais comment es-tu parvenu jusqu'à la boutique ?

— Tout le monde connaît le vieux Spero, gamin. Pas vrai, Lando ?

— Pour sûr, Dash ! Mais *pourquoi* t'es-tu pointé dans le coin ?

Dash lâcha un gros soupir.

— J'avais quelque chose à prouver, je crois. Après le désastre avec le missile, je me sentais sacrément mal. Faire une erreur n'est pas dans mes habitudes, vous savez. Je travaille pour de l'argent, c'est vrai, mais là... Disons que j'avais envie de rendre à l'Empire la monnaie de sa pièce.

— Je comprends ce sentiment..., approuva Skywalker.

Guri regardait Xizor s'habiller pour son rendez-vous d'affaires du jour.

— Prince, nos agents rapportent qu'un vaisseau corellien correspondant à la description du *Faucon Millenium* est caché dans un hangar du district Hasamadhi, près du Pôle Sud.

Xizor sortit de l'armoire un pantalon et une chemise et les regarda longuement pour s'assurer qu'ils étaient assortis.

— Des centaines de vaisseaux corelliens ressemblent au *Faucon*...

— Exact, mais ils n'ont pas besoin de se terrer dans un hangar !

— Tu as raison... Que nos hommes vérifient. Si c'est le navire de Skywalker, il suffira d'attendre à côté pour que ce maudit Jedi tombe enfin dans un piège.

Le réplico-droïd hocha la tête et s'en fut.

Xizor ne pensait pas que Skywalker ait pu arriver si vite, mais sait-on jamais ? Si c'était bien lui, Vador aurait l'air ridicule quand le Soleil Noir l'exécuterait quasiment sous son nez.

Les choses n'auraient pas pu aller mieux...

CHAPITRE XVI

Dans sa chambre, la princesse explorait le terminal informatique avec l'espoir de trouver un plan du château de Xizor. Hélas, le Falleen n'était pas assez idiot pour en avoir laissé un à sa portée...

Leia...

La jeune femme reconnut immédiatement la sensation éprouvée sur Bespin.

Luke...

Leia prit une grande inspiration et s'immobilisa. On l'observait et elle ne devait pas laisser deviner que Luke l'avait contactée. Les yeux rivés sur l'écran, elle cessa de le voir, comme si son regard avait pu traverser la matière...

Leia, je suis là. Je viens à ton secours...

S'il avait pu s'exprimer avec des mots, c'était ce que Luke lui aurait dit. En réalité, il lui communiquait un *sentiment.*

Il n'y avait pas le moindre doute : Luke était dans la Cité Impériale, très près d'elle. En lui, elle sentait une sérénité qu'elle ne lui avait jamais connue.

Devenu plus fort, il contrôlait bien mieux la Force.

Luke approchait et il était capable de la sauver. Avec un peu de chance, elle survivrait à cette aventure.

Leia...

Elle sourit.

Luke, je suis là...

Le Chevalier Jedi nommé Luke Skywalker sourit à son tour.

Dans ses appartements privés, Dark Vador sentit la déchirure qui se produisait dans la Force.

Luke ! Il était là, dans la Cité !

Cette idée fit frissonner le second de l'Empereur.

Il se concentra, tenta de contacter son fils...

... Et fronça les sourcils. Quelque chose lui bloquait le chemin. Le pouvoir de Luke avait augmenté, et le Jedi semblait être *à deux endroits différents* !

Impossible ! Sans nul doute, Vador analysait mal les flux d'énergie. Personne d'autre ne pouvait être aussi puissant que son fils. Tous les Jedi étaient morts et l'Empereur se trouvait à des années-lumière de là.

Comment expliquer cet « écho » ? Car c'était sûrement ça : une illusion, une image miroir.

Puis le phénomène disparut et Vador se retrouva tout à fait seul. Mais il ne doutait pas un instant de la présence de Luke.

Il fallait qu'il le capture ! Le Côté Obscur l'attendait...

Dans les sous-sols de la Cité Impériale, les trois hommes et le Wookie étaient assis à une table de restaurant. Affamés, ils attendaient qu'on les serve.

— Nous sommes au cœur de l'Empire..., commença Dash.

— Sans blague ? ironisa Lando. Si c'est vrai, on ferait mieux de changer d'air car ça pourrait être dangereux...

— Que veux-tu dire, Dash ? demanda Luke, ignorant les sarcasmes de Calrissian.

— L'Empire est corrompu. Les pots-de-vin et les trahisons ont pris le pas sur l'honneur et la loyauté...

— Et alors ? objecta Lando. Tu crois qu'on pourrait acheter un garde ? Le Soleil Noir ne place sûrement pas ce genre de traîtres devant sa porte.

— Pas un garde, un ingénieur...

— Excuse-moi, dit Luke, mais je ne comprends plus...

— Dans une bureaucratie, continua Dash, tout doit être établi, copié et archivé en quatre exemplaires. Impossible de construire quelque chose sans un permis, des plans, une série d'inspections. Comme vous le savez, les plus gros bâtiments de la planète s'étendent autant *sous* la terre qu'*au-dessus*. Les déchets doivent donc être transportés vers des installations assez puissantes pour les traiter...

— Et alors ? s'impatienta Luke.

— Un bâtiment aussi important que celui de Xizor, avec toutes ses annexes, produit une quantité phénoménale de détritus dont il est essentiel de se débarrasser. Or je n'ai jamais vu de benne à ordures dans les rues ou dans le ciel de la Cité. Conclusion : les déchets solides sont broyés et pompés vers les usines. D'après vous, que faut-il pour ça ?

— Des tuyaux ! De gros tuyaux ! s'exclama Luke.

Chewie ulula quelque chose.

— Objection recevable, dit Lando. Si ces tuyaux sont assez grands pour laisser passer un homme, ils seront gardés.

Le Wookie ulula encore.

— Chewie ajoute qu'il sera difficile de localiser les bons conduits, traduisit Dash. Il a raison, car il y a un véritable labyrinthe de tuyaux. Pourtant, je crois que mon plan est valable. Même si les égouts sont surveillés, il y aura moins de soldats que devant les portes de la surface. Je suis sûr que nos ennemis ne s'attendent pas à une attaque souterraine. D'ailleurs, on ne pourrait pas amener des troupes sans se faire repérer. Mais un petit groupe a toutes ses chances...

— Dash, dit Lando, en supposant que nous trouvions un guide, veux-tu nous faire marcher pendant des kilomètres dans des tuyaux d'égout ?

— L'idée est absurde, non ? C'est ce que pensent aussi les Impériaux. Qui serait assez fou pour faire une chose pareille ?

— Nous, bien entendu..., gémit Lando.

— Gagné ! Quant au guide, pas de problème ! J'en connais un. Un vieil ami qui me doit...

— Où donc ai-je entendu ça ? soupira Luke.

CHAPITRE XVII

— 6P0, tout se passe bien sur le vaisseau ?

La réponse ne vint pas immédiatement. L'esprit ailleurs, Luke fit tourner le petit comlink entre ses doigts.

Puis la voix haut perchée du droïd sortit de l'appareil.

— Rien à signaler à bord, messire Luke. Mais D2 a intercepté une communication sur le canal tactique des Impériaux. Des commandos patrouillent dans le secteur. Apparemment, ils recherchent un vaisseau corellien...

Luke baissa les yeux sur le comlink.

— Hum... Je vois... Restez vigilants. Si quelqu'un commence à tourner autour de vous, prévenez-moi.

— Je n'y manquerai pas, messire, dit 6P0.

Luke fit une grimace. Ils allaient bientôt entrer dans les égouts avec Benedict Vidkun, l'ingénieur de Dash. Ce n'était pas le moment d'avoir d'autres problèmes...

Sur le balcon de ses appartements, insensible à la bise nocturne qui lui fouettait le visage, Vador était bien obligé de s'avouer vaincu. Immergé dans la Force, il avait tenté de localiser Luke.

En vain.

Pourtant, ça ne pouvait être que son fils ! Qui d'autre contrôlait la Force ?

Mais que faisait le jeune Luke dans la Cité Impériale ? Pourquoi venait-il se jeter dans la gueule du loup ?

Vador se retourna. Quelqu'un venait d'arriver. Un petit homme qui lui avait déjà fourni de précieuses informations sur Xizor...

— Tu as du nouveau ?

— Oui, seigneur. Nous avons découvert une copie pirate des archives de la planète Falleen. Ces documents auraient dû être détruits, mais ils furent sauvés on ne sait comment. Nous avons appris des choses intéressantes sur la famille du prince Xizor. Son père régnait sur un petit pays...

— La chose est connue ! coupa Vador. D'après ce que je sais, le prince est devenu orphelin très jeune.

— C'est là que les choses se compliquent, seigneur. Vous souvenez-vous d'une expérience médicale qui a... hum... mal tourné ? C'était sur Falleen, il y a environ dix ans...

— Oui, je me le rappelle.

— La procédure de... décontamination... a coûté la vie à un grand nombre de fidèles sujets de l'Empire.

— Un accident regrettable, commenta le second de l'Empereur, parfaitement sincère.

— Tous les parents de Xizor ont péri lors de ce drame, dit le petit homme.

La lumière se fit dans l'esprit de Vador. L'affaire prenait enfin un sens. Si le prince s'acharnait sur lui, ça n'était pas seulement pour se débarrasser d'un rival politique.

Le Falleen avait des raisons personnelles de lui en vouloir.

— Pourquoi les noms des parents du prince ne figuraient-ils pas sur la liste officielle des victimes ?

L'espion leva les bras en signe d'ignorance.

— Ça reste un mystère...

A l'époque, Dark Vador était le chef du district militaire de Falleen. A l'évidence, Xizor le tenait pour le meurtrier de sa famille. S'il désirait aujourd'hui la mort de Luke, son fils, c'était pour se venger autant que pour réduire à néant les plans d'un adversaire.

Tout se tenait. Grâce au Soleil Noir, Xizor avait pu truquer la liste des morts. Depuis, il attendait son heure.

Un proverbe falleen revint à l'esprit de Dark Vador :

« La vengeance est comme un grand vin. Pour être parfaite, elle a besoin de vieillir... »

Froids comme des serpents, les reptiloïdes pouvaient patienter longtemps avant de bondir sur une proie.

Mais sur ce plan-là, Vador n'avait rien à leur envier !

Le petit groupe de Rebelles était prêt à partir, chacun s'étant équipé des objets indispensables quand on projette une longue incursion dans des égouts suivie de l'attaque d'un bâtiment aussi bien défendu qu'une forteresse.

Luke était loin de se tenir pour un Chevalier Jedi accompli. Néanmoins, il avait décidé d'emporter pour seule arme son sabrolaser tout neuf. Attaché à ses habitudes, Chewie s'était déniché une arbalète-blaster, Lando et Dash restant fidèles à leurs bons vieux blasters.

Personne n'avait proposé une arme à Vidkun : si une bagarre éclatait, comment savoir sur qui il l'aurait déchargée ?

Dash avait plaisamment résumé la chose. Les gens comme Vidkun restaient fiables tant qu'on n'était pas obligé de leur tourner le dos.

Une fois leur mission accomplie et payée, mieux valait s'en tenir à des années-lumière !

Le commando avait décidé de partir au matin. La décision était commode pour leur guide, qui travaillait dans l'équipe de nuit. Sinon, elle ne tirait pas à conséquence, car la lumière du jour ne jouait aucun rôle sous terre.

Luke s'assura que son sac à dos était bien en place sur ses épaules et regarda ses compagnons.

— Prêts ? demanda Rendar.

Tout le monde acquiesça.

— En route !

— Seigneur Vador, quelle agréable surprise ! s'exclama Xizor, réellement étonné par l'appel, mais en aucun cas de plaisante manière.

Quand le seigneur parla, le désagrément du Falleen augmenta.

— Je doute que vous soyez ravi de mes propos, prince. Vous avez tenté de faire tuer Luke Skywalker, je le sais. Recommencez, et je jure que...

Fou de rage, Xizor parvint quand même à garder un visage impassible.

— Vos informateurs se trompent, seigneur, coupa-t-il. Et même s'ils disaient vrai, Luke Skywalker est un Rebelle, et sa tête est mise à prix. La politique impériale viendrait-elle de changer ? Je vois mal notre maître se convertir à l'indulgence.

— Si Skywalker est blessé, sachez que je vous en tiendrai pour responsable !

— Je vois... Seigneur Vador, soyez assuré que je traiterai désormais ce jeune homme avec la... bienveillance... que je vous témoigne toujours.

Sans un mot de plus, Vador coupa la communication.

Xizor prit une grande inspiration pour se calmer. Il était logique que Vador, comme l'Empereur, ait découvert qu'il était le deuxième « acheteur » de Skywalker. Rien de vraiment important ne pouvait rester secret très longtemps...

Cette conversation était agaçante, mais rien de plus. Bien au contraire, elle apprenait au prince que Vador ne restait pas inactif.

C'était bon à savoir. Sous-estimer un adversaire n'est jamais sain.

CHAPITRE XVIII

La boue charriée par les conduits était vert foncé ; épaisse et huileuse, elle puait plus que tout ce que Luke avait respiré de désagréable dans sa vie.

Cette horrible mélasse leur arrivait jusqu'aux chevilles, parfois un peu plus haut. Décidément, s'équiper de cuissardes avait été une idée de génie !

Comme Vidkun le leur avait promis, le tunnel dans lequel ils avançaient était assez grand pour qu'un homme s'y tienne debout. Une chiche lumière leur permettait de voir où ils mettaient les pieds.

Ils pataugeaient dans l'infâme gadoue depuis des heures quand Vidkun leva une main pour leur indiquer de s'arrêter.

— C'est là, dit-il.

Luke avisa deux portes rondes métalliques sur la paroi qui leur faisait face. Derrière, les conduits devaient monter légèrement.

— Vidkun, dit Lando, fais-nous voir un peu si tu as les bons codes !

L'ingénieur avança et introduisit une carte magnétique dans la serrure électronique. Avec un bel ensemble, les deux sas s'ouvrirent.

— Tu as vu, Lando ? triompha Vidkun. Exactement comme je t'ai dit ! On prend celui de droite...

Ils entrèrent dans le conduit et continuèrent leur chemin.

On croirait pouvoir s'habituer à l'odeur, pensa Luke, *mais ça n'est qu'une illusion.*

Au contraire, elle empirait de minute en minute, atteignant des sommets qu'il aurait crus inimaginables. S'il sortait vivant de l'aventure, quelle longue et bonne douche il allait prendre !

— On approche, dit leur guide.

— Super ! s'exclamèrent comme un seul homme Lando, Dash et Luke.

Chewie émit un grognement qui se passait de traduction.

Affronter les hommes de Xizor serait un plaisir, comparé à cet enfer olfactif.

— C'est là..., souffla Vidkun. L'entrée du bâtiment... Vous aboutirez dans le recycleur, au deuxième sous-sol. Il n'y aura pas de garde à cet endroit, mais attendez-vous à en rencontrer dans les autres caves. (Il tendit une carte magnétique à Lando.) Voilà la clé de la grille antirats.

Il fit mine de tourner les talons.

Dash le retint par l'épaule.

— Où crois-tu aller, l'ami ?

— J'ai fait mon boulot, non ? Je devais vous fournir les plans du bâtiment et vous guider jusqu'à l'entrée. Après, je...

— On t'a engagé pour ça, c'est vrai. Mais il y a un petit changement de programme...

Vidkun blêmit.

— Du calme, on ne va pas te désintégrer ! On veut juste que tu nous accompagnes jusqu'à un endroit sûr où tu attendras qu'on revienne.

Vidkun n'appréciait pas l'idée, et il le fit savoir.
— Ne le prenez pas mal, mais que se passera-t-il si vous vous faites descendre ? Je pourrai attendre longtemps !
— J'ai bien peur qu'il ne te faille prendre ce risque, dit Lando. Ça n'est pas qu'on se méfie de toi, comprends-tu ? C'est juste qu'on ne te fait aucune confiance !
Il posa les doigts sur la crosse de son blaster.
Vidkun haussa les épaules.
— Ne nous énervons pas, les gars ! Si vous le prenez comme ça, je viens...
Rapide comme l'éclair, l'ingénieur dégaina un petit blaster et se mit à tirer.
Luke lui-même fut surpris. Il saisit son sabrolaser avec un temps de retard.
Le premier rayon passa à un souffle de sa tête.
Le deuxième toucha Dash, qui poussa un gémissement.
Il n'y en eut pas de troisième, car le mercenaire riposta, atteignant Vidkun entre les deux yeux. Tué sur le coup, l'ingénieur tomba dans la gadoue avec un *splash* retentissant.
— Dash, ça va ? demanda Lando.
— Impeccable ! C'est juste une égratignure.
Il pivota pour montrer à ses compagnons une brûlure, sur sa hanche droite. Le rayon avait déchiré sa combinaison et roussi sa peau. Ça ne saignait même pas.
— Essaye de ne pas mettre de boue sur la blessure, lui conseilla Lando. Je doute que ce soit un bon cicatrisant...
— D'où a-t-il sorti ce blaster ? demanda Luke en remettant son sabrolaser à sa ceinture.

— Il devait l'avoir caché sur lui, répondit Lando. Mais pourquoi avoir tiré ? On ne lui aurait pas fait de mal...

— Ce type aurait vendu sa mère, dit Dash. Il ne pouvait pas nous faire confiance...

Luke ouvrit un médikit et donna à Rendar un pansement antidouleur. Le mercenaire le colla sur la blessure et se détendit un peu quand l'antalgique commença à agir.

— Espérons que les gardes ne nous ont pas entendu tirer, dit Lando.

— Oui, espérons-le, approuva Luke. Tout le monde est prêt ?

Les quatre hommes repartirent.

— Attention..., murmura Skywalker.

Accroupi derrière lui dans le recycleur, Lando souffla :

— Un problème ?

— Des gardes...

— Combien ?

— Six.

— Six ! Pour surveiller un égout ?

— Et alors ? chuchota Dash. Ça nous en fait un et demi chacun. Combien de temps te faut-il pour appuyer sur une détente, Calrissian ?

— Silence ! dit Luke.

Il regarda de nouveau à travers le hublot de la porte du recycleur. Les six gardes étaient à quelques mètres d'eux. Assis à une table, quatre jouaient au sabacc, leurs fusils-blasters posés contre un mur. Donnant parfois leur avis, les deux autres suivaient la partie avec intérêt. Ceux-là portaient leurs armes en bandoulière.

Dash avait raison. En agissant vite, ils pouvaient neutraliser ces Impériaux avant qu'ils aient une chance de riposter. Il faudrait aussi les empêcher d'utiliser leurs comlinks pour appeler du renfort.

C'était jouable...

— On passe à l'action ! Prêts ?

Skywalker dirigea son sabrolaser vers le sol et activa la lame. Ainsi, sa lueur ne risquait pas d'alerter l'ennemi.

— Un... deux... trois !

Dash ouvrit la porte d'un coup d'épaule.

Luke bondit et leva le sabrolaser.

— Personne ne bouge ! cria-t-il.

Chewie suivit le jeune Jedi. Ses grands pieds glissant sur le sol boueux, il s'étala sur les fesses.

Lando tenta de l'aider à se relever. Dérapant à son tour, il rejoignit le Wookie dans la boue.

Les gardes ne manquaient pas de réflexes. Ceux qui avaient leurs fusils-blasters ouvrirent le feu.

Luke dévia le premier tir, invoqua la Force et para le deuxième.

Dash plongea vers Lando et Chewie, fit un roulé-boulé, récupéra son équilibre et tira trois fois.

Les deux gardes armés s'écroulèrent. Un des joueurs de cartes, qui tentait de récupérer son fusil-blaster, n'eut pas plus de chance.

Dash tira encore, abattant deux nouveaux Impériaux. L'unique survivant n'avait pas d'arme, mais il venait de sortir son comlink.

Lando le toucha à la poitrine. L'homme tomba, lâchant le petit appareil, qui atterrit aux pieds de Luke.

Une voix sortit du comlink.

— Thix ? Que se passe-t-il ? Secteur un-un-trois-huit, répondez !

Chewie se releva, l'air embarrassé. Luke le rassura d'un hochement de tête. Ce genre d'incident pouvait toujours arriver.

Le jeune homme écrabouilla le comlink sous sa botte.

— Bonjour la discrétion ! lança Lando.

Xizor était en train de verser son pot-de-vin mensuel au ministre de la Culture quand Guri entra dans la pièce. Le prince congédia aussitôt le politicien.

Dès qu'il fut sorti, le Falleen demanda :

— Qu'est-ce qui t'amène de si urgent ?

— Un problème au deuxième sous-sol...

— Quel genre de problème ?

— On ne sait pas... Il n'y a pas encore de vidéo surveillance dans ce secteur et les gardes ne répondent pas.

— C'est sûrement une panne du système de communication. A moins que Skywalker ne soit plus rapide et futé que nous ne le pensions. Les capteurs placés dans les tunnels ont-ils relevé des mouvements de troupes ?

— Non.

— Parfait. Si c'est Skywalker, il doit être seul, ou avec le Wookie. Envoie une patrouille pour vérifier...

— J'en ai déjà envoyé deux, seigneur...

Luke et ses compagnons avançaient au pas de course. Etant le seul à savoir où se trouvait Leia, le Wookie ouvrait la marche. Au détour d'un couloir, ils rencontrèrent quatre nouveaux gardes.

Les blasters crachèrent la mort.

A cet instant, la voix de 6P0 sortit du comlink accroché à la ceinture de Skywalker.

— Messire Luke ! Messire Luke !

Le jeune homme dévia un nouveau rayon mortel.

Sans le prendre en main, il cria en direction du comlink :

— 6P0, on est plutôt occupés, en ce moment !

— Messire Luke, des hommes approchent du *Faucon* ! Ils sont armés !

Génial ! Un ennui de plus, c'était juste ce qu'il leur fallait.

Luke para un nouveau tir, bondit en avant, et se trouva à portée de frappe de l'homme qui le canardait. Il abattit son sabrolaser, sectionnant net la main armée de l'Impérial. D'un coup de pied au visage, il l'assomma pour faire le compte.

Les autres soldats gisaient aussi sur le sol. Luke désigna le couloir d'où ils venaient.

— Par là ! Ça doit être dégagé !

Tout en courant, il prit son comlink et le leva à hauteur de son visage.

— 6P0 ?

— Messire Luke ? Que pouvons-nous faire ?

— Décollez ! Souviens-toi de ce que je t'ai dit : D2 sait piloter et tu peux actionner les commandes. Rappelle-moi quand vous serez dans l'espace. Restez en suborbital, *sous* les senseurs stratosphériques de sécurité. Compris ?

— Oui, messire Luke !

— Exécution !

Leia sentit quelque chose dans l'air... Comme une urgence... Un appel impalpable.

Luke !

Elle commença à rassembler les pièces de son déguisement.

— Nous avons perdu le contact avec une des patrouilles, dit Guri à Xizor.
— Au deuxième sous-sol ?
— Non, quatre niveaux plus haut.
— Déclenche l'alerte rouge !
— C'est déjà fait, prince...
Etait-ce Skywalker ? Avait-il réussi à s'introduire dans le bâtiment impérial sans être détecté ? Ou s'agissait-il de quelqu'un d'autre ?
— Guri, annule tous mes rendez-vous. Va chercher la princesse et conduis-la dans mes appartements...

Les quatre Rebelles montèrent une dizaine d'étages de plus avant de rencontrer d'autres gardes.
Le combat fut bref.
Dash ne se vantait pas sur au moins un sujet : il savait tirer. En trois coups rapides — *zap, zap, zap !* — le bougre avait descendu trois Impériaux. Si ça n'était pas un record de tir, ça ne devait pas en être loin...
En renvoyant à l'expéditeur un certain nombre de rayons, Luke avait ajouté à la confusion de leurs adversaires, donnant à Chewie et à Lando l'occasion de charger en tirant comme des fous.
Les gardes n'étaient pas de mauvais soldats, mais ils manquaient de conviction. Ils se battaient pour toucher une solde quand Luke et ses compagnons luttaient pour leur vie.
Le dernier Impérial battit en retraite. Chewie ne le laissa pas aller bien loin...
— On repart, vite !

Leia sentit que quelqu'un approchait de sa chambre. Se fiant à son intuition, elle prit une chaise et la plaça près de la porte. Puis elle y monta, armée de l'énorme casque de son déguisement de chasseuse de primes.

La porte s'ouvrit et Guri entra. Avant qu'elle puisse réagir, la princesse lui abattit le casque sur la tête.

Un coup pareil eût assommé un humain. Sur le réplico-droïd, il eut assez d'effet pour qu'il perde un instant l'équilibre.

Leia sauta de son perchoir et se précipita dans le couloir. Quand elle ferma et verrouilla la porte de la chambre, Guri s'était déjà relevée.

Elle entreprit de défoncer le battant à coups de poing. Comprenant que le métal ne résisterait pas longtemps, Leia prit ses jambes à son cou.

Au douzième étage du bâtiment, Luke et ses compagnons gravissaient un escalier. Soudain, la voix de 6P0 se fit entendre :

— Messire Luke, nous avons quitté le hangar !

Skywalker saisit son comlink afin de ne pas être obligé de crier.

— Où êtes-vous ?

— Quelque part dans le ciel... Oh ! tais-toi, D2, je fais ce que je peux ! Et... Oh ! mon Dieu !

Il y eut un court silence, puis un gros bruit.

— J'avais vu, espèce de corbeille à papier à roulettes ! Si tu ne m'avais pas distrait, j'aurais changé de cap à temps !

— 6P0, écoute-moi ! Dirige le *Faucon* sur les coordonnées que je t'ai indiquées... Et prends de l'altitude pour ne plus heurter les immeubles !

— Compris, messire Luke. D2, exécution !

Luke fut obligé de couper la communication. Devant eux se dressait une porte anti-feu. Bien entendu, elle était fermée.

Lando leva son blaster, mais Luke l'arrêta d'un geste.

— Ne tire surtout pas ! Il y a un bouclier magnétique. Le rayon te reviendrait à la figure.

— Alors, comment fait-on pour entrer ? demanda Calrissian.

— Reculez tous ! On va voir ce que ce champ de force peut faire contre un sabrolaser.

Il frappa.

La porte ne pouvait *rien* contre un sabrolaser !

Ils franchirent le seuil et continuèrent leur chemin.

Guri entra en trombe dans les appartements privés de Xizor.

— Que se passe-t-il ? demanda le prince.

— La princesse s'est enfuie ! Elle m'a frappée ! Je ne suis pas endommagée, mais elle a eu le temps de m'échapper...

— Par l'enfer !

Pour une fois, Xizor perdit son calme. Ça tournait à la catastrophe ! C'était son château, et il perdait la maîtrise de la situation. Avait-il sous-estimé Skywalker ? A l'évidence, la réponse était oui...

L'heure était venue de corriger cette erreur.

— Allons à la recherche de la princesse ! dit Xizor. Et trouvons les casse-pieds qui nous causent tous ces problèmes.

— Par là ! cria Luke.

Ses compagnons le suivirent, des tirs de blasters sifflant à leurs oreilles.

Ils tournèrent sur la droite, s'engouffrèrent dans un couloir latéral et coururent jusqu'à la porte qui se dressait au bout. De l'autre côté, quelqu'un tambourinait sur le métal...

Dash et Lando levèrent leurs armes.

— Non ! cria Luke. Ne tirez pas !

La porte s'ouvrit sur... la princesse !

— Leia !

Luke courut vers elle et l'enlaça.

— Eh bien, tu en as mis du temps ! (Elle le regarda de plus près et plissa le nez.) Dans quoi t'es-tu traîné ?

— Nous avons dû passer par les égouts...

— Bon, n'épiloguons pas... Filons d'ici !

Ils repartirent.

— Messire Luke ? dit 6P0 dans le comlink.

— Que se passe-t-il encore ?

— Il semble que nous ayons attiré l'attention d'un navire-robot de la police. On dirait... hum... qu'il nous suit...

— Eh bien, semez-le !

— Comment, messire ?

— Volez comme sait si bien le faire Yan !

Leia s'approcha du jeune homme.

— Tu laisses les droïds piloter le vaisseau ? As-tu perdu la tête ?

— Ils s'en sortent très bien. A quelques anicroches près...

— Nous avons largué notre poursuivant, messire. Je crois qu'il s'est écrasé contre le pont que nous avons passé la tête en bas !

— Comment peux-tu laisser les droïds..., commença Leia.

Luke la foudroya du regard.

— Vas-tu arrêter de radoter ? (Il porta le comlink au niveau de ses lèvres.) Continuez votre route, vous deux ! Et soyez plus prudents !

— Nous sommes parfaitement au point, messire. Ne vous inquiétez pas !

Luke regarda le plafond et poussa un soupir à fendre l'âme.

CHAPITRE XIX

— La sécurité m'informe qu'ils sont au dix-septième étage, dit Guri.

— Allons-y ! lança Xizor.

— Nous ne savons pas *combien* ils sont, déclara le réplico-droïd, et nous avons déjà perdu une douzaine de gardes. C'est trop dangereux pour que vous veniez, prince !

— Laisse-moi juge de ce qui est dangereux ou pas ! Entre Skywalker et moi, l'heure des règlements de comptes a sonné. Je le tuerai de mes mains.

Il n'allait pas laisser quelqu'un faire la loi dans son château !

— Quel... est... le plan ? demanda Leia, hors d'haleine.

— Sortir d'ici, rallier le *Faucon* et foncer dans l'hypercspace. 6P0 et D2 peuvent venir nous récupérer.

Leia hocha la tête, accablée.

— Personne ne nous croira assez stupides pour *monter*, ajouta Luke. Les Impériaux nous attendront en bas : le chemin par lequel nous sommes venus !

Lando éclata de rire.

— C'est le problème de nos ennemis ! Ils ne peuvent pas imaginer des gens aussi bêtes que nous ! Ça marche à tous les coups !

Xizor et Guri s'engouffrèrent dans un ascenseur.

— Niveau vingt, dit le prince. Nous les attendrons là...

L'ascenseur alla à une telle vitesse que l'estomac du Falleen manqua se retourner.

Bien qu'il fût indigné qu'on ose envahir son domaine, Xizor ne pouvait s'empêcher de trouver l'affaire amusante. Il n'avait pas tous les jours l'occasion de tuer quelqu'un de ses mains, et savoir qu'il s'agissait du fils de Dark Vador lui ravissait l'âme.

La cabine ralentit, malmenant à nouveau l'estomac de son occupant non cybernétique.

— Niveau vingt, annonça la voix synthétique.

La porte coulissa.

Xizor leva son blaster, prêt à tirer dans toutes les directions. Chaque semaine, il s'entraînait plusieurs heures sur son stand de tir personnel. Ses scores étaient toujours bons.

Le prince et Guri avancèrent dans le couloir.

— Niveau vingt, dit Dash. L'escalier s'arrête ici. Il va falloir en trouver un autre...

— Combien d'étages y a-t-il en tout ? demanda Leia.

— Si mes souvenirs sont justes, quelque chose

comme cent deux à partir du niveau du sol, répondit le mercenaire.

— Rien que ça ! gémit Lando ! Et il faut passer par tous pour atteindre le toit ?

— Non, dit Luke. Il y a une zone d'atterrissage au cinquantième...

— Un jeu d'enfant ! Il ne nous reste que trente étages. On sera à peine essoufflés..., dit Dash.

— Je suis déjà à bout de souffle ! gémit Lando.

— Tu vieillis, Calrissian !

— Ouais, et j'aimerais continuer pendant quelques années !

— On devrait trouver un nouvel escalier au bout de ce couloir, coupa Luke. En route !

Xizor les vit quand Guri entrouvrit une porte latérale. Cinq Rebelles...

Leia était là ; Skywalker aussi.

Le prince sourit. Il mit sa main gauche sur sa hanche, tendit le bras droit, comme à l'entraînement, et se prépara à faire un carton.

Quand il eut la tête de Skywalker dans sa ligne de mire, il pressa doucement la détente.

Luke vit le grand reptiloïde au moment où il le visait.

Le jeune Jedi saisit son sabrolaser, activa la lame et invoqua la Force. Le rayon mortel jaillit de l'arme du Falleen.

Le sabrolaser le dévia au dernier moment, l'impact éblouissant Skywalker. Sans cette parade, sa tête eût éclaté comme une noix.

Xizor tira de nouveau.

Guidé par la Force, le sabrolaser s'interposa

encore. Un autre rayon ricocha pour aller frapper la paroi...

Xizor fronça les sourcils. Comment Skywalker avait-il fait ? Personne ne pouvait être aussi rapide !

Il tira encore.

Guri bondit dans le couloir. Elle brandissait un lourd fauteuil métallique comme s'il s'était agi d'un jouet...

— Attention ! cria Luke.

Un fauteuil volait vers lui. S'il utilisait son sabrolaser, le tireur embusqué aurait la partie belle pour faire mouche...

Chewie se plaça à côté de son ami, épaula son arbalète-blaster et tira.

Le fauteuil explosa, les bombardant d'échardes de métal.

Xizor réalisa deux choses : primo, la puissance de tir adverse était supérieure ; secundo, Skywalker pouvait dévier ses tirs comme à la parade.

Conclusion, il fallait battre en retraite au plus vite.

— On file ! cria-t-il à Guri.

Le réplico-droïd vint se placer devant lui pour couvrir sa retraite.

Xizor s'engouffra dans la pièce où Guri avait trouvé le fauteuil. Une seconde plus tard, son âme damnée le rejoignit.

— Le bougre est sacrément doué avec son sabrolaser, fit remarquer Xizor.

— C'est le fils de Dark Vador..., lui rappela Guri. Dois-je déclencher l'alarme générale ?

— Ce serait judicieux, oui... Essaye de savoir pourquoi la sécurité met si longtemps à arriver.

Guri avait déjà saisi son comlink.

— C'était Xizor ! cria Leia.
— Parfait ! Allons le capturer !
— Je doute qu'on réussisse, dit Lando. Regardez...
Une dizaine de gardes arrivaient, blaster au poing.
— Là-dedans ! cria Dash.
Il y avait une porte sur leur gauche. Fidèle à sa réputation, Chewie la défonça d'un coup d'épaule. Leia le suivit dans la pièce, Lando et Dash se pressant sur ses talons. Luke fermait la marche. Rapide comme l'éclair, il déviait les rayons des Impériaux.
Une fois à l'intérieur de la pièce, une sorte de bureau, les cinq compagnons se regardèrent.
— Et maintenant ? demanda Leia.
Les tirs de blasters continuaient, passant sans peine par la porte défoncée.
Lando regarda Luke, qui fit oui de la tête.
— Eh bien, dit le vieux copain de Yan, l'heure est aux solutions désespérées.
Il fouilla dans son sac à dos et en sortit une boule en argent de la taille d'un poing. Le diamètre de cette sphère présentait une fente assez large pour qu'on y passe un doigt. Des diodes et des boutons étaient dispersés sur le reste de la surface.
Leia regarda Luke, qui fit un signe de tête à Dash.
Les tirs de blasters devinrent plus rageurs. Dans leur frénésie, les Impériaux n'avaient pas remarqué que personne ne ripostait.
Dash s'empara de la sphère.
— C'est un détonateur thermique, expliqua-t-il. Lando en a trois exactement similaires. L'explosion

peut être déclenchée à retardement par un minuteur, mais il y a aussi un système manuel. Vous voyez ce bouton, là ? Si on appuie dessus, le détonateur est piégé. Un type qui le manipule sans savoir qu'il faut d'abord désarmer ce système se fait tout péter à la figure.

— Et le résultat ? demanda Leia.

— Une réaction nucléaire à échelle réduite, répondit Dash.

— Une... réaction nucléaire ?...

— Oui. Suffisante pour pulvériser tout ce qui se trouve dans un rayon de cent mètres.

— Je vois. Donc, si ça « pète », comme vous dites, on se désintègre avec...

— Exact, belle princesse. Mais je parie que votre petit copain du Soleil Noir ne voudra pas qu'on démolisse son château. Avec l'argent qu'il a dû lui coûter...

— Vous en avez plusieurs, si j'ai bien compris ? dit la princesse. Je veux celui-là. Il pourrait m'être utile...

Elle prit la boule et la mit dans le casque de chasseuse de primes accroché à sa ceinture.

— Comme tu voudras, fit Luke. Après tout, on les a achetés avec ton argent...

Dans le couloir, les Impériaux cessèrent de tirer.

— Je crois qu'on devrait avoir une petite conversation avec Xizor, dit Skywalker.

Lando lui tendit un autre détonateur. Luke l'arma ; la machine infernale bipa et ses diodes clignotèrent.

Le jeune Jedi prit une grande inspiration.

Xizor et Guri suivaient les hommes qui approchaient de la pièce où les Rebelles se terraient.

Le prince entendit une série de bruits aigus.

Que se passait-il ?

Skywalker sortit dans le couloir. Les soldats braquèrent leurs armes sur lui, mais ils ne tirèrent pas tout de suite, car il n'avait pas son sabrolaser.

En revanche, il brandissait un étrange objet rond...

Xizor savait reconnaître une bombe quand il en voyait une !

— Ne tirez surtout pas ! cria-t-il à ses hommes. Baissez vos armes !

Les gardes le regardèrent comme s'il était devenu fou. Mais ils obéirent, car, après tout, c'était lui le chef.

Leia et les autres Rebelles sortirent à leur tour. Dans le silence, les bips du détonateur retentissaient comme des coups de tonnerre.

— Vous savez ce que c'est ? demanda Skywalker.

— J'ai une petite idée, oui, répondit Xizor.

— Ce détonateur est armé. Si je le lâche sans le désarmer...

Il n'avait pas besoin de finir sa phrase.

— Que voulez-vous ? demanda le prince.

— Partir d'ici. Avec mes amis, bien sûr.

— Si vous lâchez la bombe, raisonna Xizor, ils mourront et vous aussi.

Le jeune homme haussa les épaules.

— Tant pis ! De toute façon, nous sommes fichus. Qu'avons-nous à perdre ? Mais vous, c'est différent. A votre place, je ne voudrais pas voir mon précieux domaine partir en fumée. (Il baissa les yeux sur la boule.) C'est un détonateur thermique de classe A. Vous savez ce que ça signifie ?

— Vous bluffez ! cracha Xizor.

— Peut-être... A vous la parole, Xizor. Vous voulez voir mon jeu ?

Le Falleen réfléchit. Si Skywalker ne bluffait pas, un détonateur de classe A pouvait pulvériser plusieurs étages du bâtiment. Privés de soutien, les quatre-vingts niveaux qu'ils avaient sur la tête s'affaisseraient et il ne resterait plus rien de son merveilleux château.

Xizor avait les moyens de s'en reconstruire un — et même dix, s'il le fallait —, mais il n'avait pas une chance de survivre à l'explosion. Allait-il jouer son va-tout sur l'hypothèse que Skywalker n'était pas suicidaire ?

Non. C'était trop risqué.

— D'accord, partez ! Personne n'essayera de vous arrêter...

Vivant, il pourrait les rattraper un jour ou l'autre. Mort, il ne pourrait plus rien faire du tout !

Leia, Lando, Dash et Chewie avancèrent vers les gardes qui s'éparpillèrent comme si quelques mètres, en cas d'explosion, pouvaient y changer quelque chose.

Skywalker n'avait pas bougé. Xizor regarda ses hommes détaler. Guri était-elle assez rapide pour arracher le détonateur des mains de Skywalker et le désarmer avant la catastrophe ?

Guri ? Où était-elle donc ?

Les quatre Rebelles s'arrêtèrent. L'un d'eux farfouilla dans son sac à dos et en tira un deuxième détonateur.

Xizor ne put s'empêcher de ricaner.

— A quoi va-t-il vous servir ? On ne peut pas faire sauter les gens deux fois !

L'homme sourit. Avisant un vide-ordures, près de lui, il l'ouvrit, arma le détonateur...

Xizor eut un horrible pressentiment.

— Non ! cria-t-il.

Calrissian jeta la bombe dans le conduit.

— Vous avez cinq minutes pour filer, dit-il. Si j'étais vous, je me dépêcherais...

Xizor se tourna vers ses hommes :

— Courez aux ascenseurs, allez au sous-sol et trouvez cet engin de mort !

Autant donner des ordres à un sourd. Les soldats paniquaient. Rompant les rangs, ils s'enfuirent, renversant presque leur chef au passage.

Skywalker, Leia et les autres prirent aussi la tangente.

Maudits chiens ! pensa Xizor.

Dans cinq minutes, son château ne serait plus qu'une ruine.

Le prince se mit en mouvement. Grâce à son ascenseur privé, il avait largement le temps de rejoindre son vaisseau et de ficher le camp.

La colère le submergea.

C'est ça ! Je prendrai mon vaisseau et je poursuivrai ces vermines jusqu'au fond de la galaxie !

Alors ils verraient de quel bois se chauffait un Falleen.

CHAPITRE XX

Les cinq fuyards prirent l'ascenseur et lui ordonnèrent de passer en vitesse maxi. Moins d'une minute plus tard, ils arrivèrent au cinquantième étage avec tout le temps du monde pour fuir, du moins si D2 et 6P0 avaient trouvé leur chemin jusqu'à la zone d'atterrissage.

Dans le cas contraire, ils n'auraient pas des heures pour le regretter !

Les portes de la cabine s'ouvrirent et les Rebelles sortirent. Une foule paniquée les renversa presque, plus de trente personnes parvenant à s'entasser dans un espace prévu pour dix.

Les malheureux qui ne réussirent pas à entrer coururent vers une autre cage d'ascenseur.

— Ils sont rudement pressés..., dit Dash.

— Quand on a quatre minutes pour sauver sa peau, lança Lando, il vaut mieux se magner !...

— Tu manques de compassion, Calrissian, intervint Luke.

— Ces types n'avaient qu'à réfléchir avant de

travailler pour le Soleil Noir. Les métiers du crime sont dangereux, c'est bien connu !

— La zone d'atterrissage doit être par là, dit Dash en se mettant en route. Suivez-moi !

Cinquante mètres plus loin, Luke entendit quelque chose. Il invoqua la Force, sonda les alentours, mais ne découvrit rien.

— Allez devant, je vous rejoindrai ! dit-il à ses compagnons.

Ils obéirent sans rechigner.

Luke saisit son sabrolaser et activa la lame.

— Voici donc le Chevalier Jedi ! dit une voix de femme. Une légende vivante !

Skywalker se retourna et reconnut Guri, le réplicodroïd que Lando lui avait décrit en détail.

— Jedi, tu as fait tant de mal à mon maître... A présent, tu vas mourir pour l'expier !

Luke dirigea la lame vers son adversaire, qui ne semblait pas armée. Une chance pour lui, car Lando l'avait prévenu qu'elle pouvait être plus rapide que l'éclair.

Et plus forte qu'un Wookie !

— Mais tu as ton sabrolaser et je suis désarmée, dit-elle en montrant ses mains nues.

Skywalker avait à peine trois minutes. Le plus logique eût été de détruire Guri. Ou au moins de la forcer à libérer le passage...

Après tant d'actions « stupides », Luke n'avait pas envie de commencer à être raisonnable.

Il désactiva la lame et remit le sabrolaser à sa ceinture.

— Que veux-tu, Guri ?

— Une épreuve, dit-elle. Mon maître aime défier les adversaires de valeur qu'il rencontre. Au corps à corps, il n'existe pas d'homme capable de me tenir tête. Sauf peut-être un Chevalier Jedi...

— Tout va sauter, et tu veux que nous nous battions en duel ?

— Ça prendra seulement quelques secondes... As-tu peur de mourir, Skywalker ?

Evidemment qu'il en avait peur !

Encore que... Non, ça n'était pas si évident. Quand la Force était avec lui, rien de ce qui pouvait lui arriver n'était angoissant.

Il se mit en position de combat.

Souriante, Guri l'imita.

Elle bondit à une vitesse effarante. Seul, Luke n'aurait jamais pu éviter cette charge. Mais il avait la Force en lui et elle le guidait.

Esquivant l'assaut, il flanqua au passage un coup de pied dans la hanche du réplico-droïd.

— Luke ! Luke !

Le cri de Leia lui coûta sa concentration. Du coin de l'œil, il vit que ses compagnons étaient revenus.

Guri saisit sa chance. Presque sans élan, elle se détendit et frappa.

Luke recula ; le coup de pied le toucha quand même à l'estomac.

Guri voulut poursuivre l'attaque, mais Skywalker se déroba, fit un roulé-boulé et se remit en position, prêt à vendre chèrement sa peau.

Il avait perdu le contact avec la Force ! Seul contre Guri, il n'avait pas une chance. Le réplico-droïd le toucha à nouveau, à la tête, cette fois. S'il ne réagissait pas vite, il était un homme mort.

La Force ! Laisse-la travailler pour toi, Luke !

La voix de Ben venait d'un autre temps et d'un autre monde. L'entendre redonna courage à l'aspirant Jedi.

Mais Guri approchait, les poings levés, pour lui donner le coup de grâce.

Soudain, ses gestes ralentirent comme si elle avait été engluée dans le temps.

Ses poings s'abattirent, prêts à tuer, mais si lentement que Luke eut tout loisir d'esquiver et de se remettre en position.

Le jeune homme avait l'impression de se déplacer à la vitesse normale. Pourtant ses gestes faisaient jaillir des étincelles et un bruit étrange, comme un souffle de vent, les accompagnait.

Il attaqua, frappant par deux fois Guri au torse. Puis, d'un coup de pied aux jambes, il déséquilibra le réplico-droïd, qui partit en vol plané.

Alors le temps reprit son cours normal.

Le cri de Leia résonnait encore dans le couloir...

Guri heurta le sol. Jamais Luke n'avait vu quelqu'un tomber aussi violemment. L'onde de choc fit trembler le sol sous ses pieds.

L'âme damnée de Xizor était sonnée...

Luke reprit son sabrolaser et activa la lame. Cette créature était trop dangereuse pour avoir droit à l'existence.

Il leva son arme.

Guri lui fit un petit sourire.

— Tu m'as vaincue à la loyale. Achève-moi...

Elle m'aurait tué sans pitié ! se dit Luke.

Le temps ralentit de nouveau...

Skywalker baissa le sabrolaser et le désactiva.

— Viens avec nous. Nous te reprogrammerons.

Guri s'assit sur le sol.

— Non... Si on touche à mes circuits et qu'on découvre le contenu de mes mémoires, cela me sera fatal, ainsi qu'à mon maître. Lui et moi avons beaucoup de comptes à rendre à la société. Je préfère mourir maintenant que sur l'échafaud...

— Tu n'es pour rien dans tout cela. Tu ne t'es pas autoprogrammée...

— Jedi, je suis ce que je suis... Je doute qu'il puisse exister une rédemption pour moi.

Le jeune homme hocha la tête.

— C'est possible, mais il y a déjà eu trop de morts aujourd'hui. Je n'en rajouterai pas un...

Il salua Guri d'un bref signe de tête, tourna les talons et partit au pas de course.

Les cinq Rebelles arrivèrent bientôt sur la zone d'atterrissage.

Le *Faucon* n'était pas en vue...

Le vaisseau personnel de Xizor — la *Virago* — stationnait sur le toit. Prévu pour les urgences, il était paré au décollage vingt-quatre heures sur vingt-quatre.

Le prince s'étonna de voir que les hommes affectés à la surveillance du navire étaient toujours là. Avec le boucan que faisait l'alarme, ils auraient dû avoir décampé depuis longtemps.

Bien que nerveux, ils semblaient solides au poste.

— L'immeuble est condamné, dit le Falleen comme s'il parlait de la météo. Prenez un airspeeder et fuyez. Il vous reste deux minutes pour sauver votre peau !

Les deux hommes saluèrent leur chef et détalèrent. Xizor se félicita de leur loyauté. Quand tout ça serait fini, il faudrait songer à les récompenser...

Il se précipita dans la *Virago* et referma le sas. Sous ses mains habiles, le tableau de bord prit vie en un éclair.

Il allait voler jusqu'à son satellite privé, où l'attendait une flottille. Pour fuir, Skywalker devait compter sur un vaisseau — sans doute le *Faucon*.

Eh bien, ce fichu Jedi allait avoir une sacrée surprise !

— Tous les systèmes sont opérationnels, annonça l'ordinateur de bord.

Parfait !

Xizor saisit la manette de décollage. Il lui restait un peu plus d'une minute.

Hésitant une seconde, il jeta un dernier coup d'œil au bâtiment. La destruction de son somptueux château le désolait. Il avait passé tant de bonnes années entre ces murs...

Mais il se bâtirait un autre domaine, plus grand, plus beau et plus majestueux.

En attendant de pouvoir s'offrir le palais de l'Empereur !

Le Falleen fit décoller la *Virago*.

Il était à quelques centaines de mètres du bâtiment — assez loin pour ne plus rien risquer — quand il aperçut un transport corellien qui lui fonçait dessus. Tournant comme une toupie, le navire semblait livré à lui-même...

Non sans jurer copieusement, Xizor accéléra de toute la puissance des propulseurs auxiliaires. Le vaisseau fou le manqua d'un cheveu.

Quel crétin le pilotait-il ?

Dash fut le premier à apercevoir le *Faucon*.

— Par la bave de Jabba le Hutt ! cria-t-il.

Luke leva les yeux et constata que le navire approchait beaucoup trop vite en tournant sur lui-même comme un derviche.

— Regardez ! cria Lando. Il se stabilise, mais il est encore trop rapide. Baissez-vous !

Les cinq fuyards se plièrent en deux.

Bien leur en prit, car le vaisseau passa à moins d'un mètre d'eux, les décoiffant avant d'aller faire demi-tour en catastrophe à l'autre bout de la zone d'atterrissage.

Au passage, deux ou trois antennes connurent une fin brutale.

— 6P0, grogna Lando, je te jure que j'aurai ta peau !

Tous se relevèrent. Luke prit son comlink et cria :

— 6P0, coupe les moteurs ! Rétrofreins au maximum ! Dépêche-toi !

— J'essaye, messire Luke, mais les commandes sont un peu trop sensibles...

— Attention, ils reviennent ! prévint Dash.

Le *Faucon* passa devant eux et entra enfin en contact avec le sol.

— Il va trop vite ! cria Lando. Il ne pourra pas s'arrêter avant de basculer dans le vide !

Il se trompait. Comme par miracle, le *Faucon* s'immobilisa à deux mètres du gouffre.

— Dépêchons-nous ! dit Skywalker.

Chewie souleva Leia de terre et sprinta comme un fou. Dash et Lando le suivirent, talonnés par Luke.

Tous s'engouffrèrent dans le navire.

— Tas de ferraille, fiche le camp de ce fauteuil ! cria Rendar, qui était arrivé le premier.

— Je fiche, je fiche..., souffla 6P0.

Sous eux, le sol trembla.

— Dash, fais décoller ce vaisseau ! cria Lando.

— Vite ! le pressa Luke.

Le *Faucon* s'éleva. Sous son ventre, la zone

d'atterrissage bascula dans le vide tandis que l'édifice tout entier s'écroulait comme un château de sable.

Des explosions se produisaient de toutes parts.

Dash poussa les propulseurs auxiliaires au maximum. Le navire se dégagea du secteur dangereux.

Baissant les yeux, Luke constata qu'il ne resterait bientôt plus rien du somptueux château de Xizor, le maître du Soleil Noir.

Devant ce spectacle, Lando lui-même renonça à lancer une plaisanterie douteuse.

Leia rejoignit ses compagnons dans le cockpit surpeuplé.

— Filons d'ici, dit Luke. Dash, pas d'extravagances. Vole simplement aussi vite que possible.

— Compris, chef ! répondit le mercenaire.

CHAPITRE XXI

Xizor ne décolérait pas depuis qu'il savait que le petit vaisseau corellien, non content d'avoir failli le percuter, avait volé à la rescousse de Skywalker, lui sauvant la mise au dernier moment.

Le prince contacta son satellite privé et ordonna que sa flotte détruise l'intrus.

— S'il passe à travers les mailles du filet, les responsables ne verront pas se lever le soleil demain. Suis-je assez clair ?

— On ne saurait l'être davantage, prince.

— Parfait... (Il tendit une main pour couper la transmission.) Skywalker, tu es mort !

— Vous disiez, seigneur ?

— Rien du tout...

Il éteignit l'unité de communication. Peut-être n'aurait-il pas dû mentionner ainsi le nom de ce fichu Jedi, mais ça n'était pas trop grave, car la fréquence était codée.

Et puis, toute cette histoire serait bientôt finie...

— Seigneur Vador, vous m'aviez demandé d'enregistrer toute conversation où figurerait ce nom...

Vador regarda le technicien, prit le message et le lut.

— Quelle origine ?

— Une transmission chiffrée de la *Virago*, qui vole actuellement vers un satellite, le Poing du Falleen. Ce vaisseau appartient à...

— Je sais qui est son propriétaire ! Qu'on prépare ma navette personnelle.

Il avait prévenu Xizor de ne plus s'attaquer à Luke. Le criminel s'était moqué de cet ordre. En cela, il avait commis une grossière erreur !

Vador jubilait. Jusqu'à présent, il avait joué selon les règles de son adversaire.

Maintenant, on passait aux siennes...

— Luke, tu veux bien prendre les commandes ? demanda Rendar.

— Bien sûr. (Déjà assis dans le siège du copilote, Skywalker appuya sur une touche rouge.) Où vas-tu donc ?

— Nulle part. Je veux juste siffler mon destrier.

— Pardon ?

Dash prit à sa ceinture une petite boîte noire rectangulaire.

— Un comlink longue portée à fréquence unique. Je vais appeler Leebo, mon droïd, pour qu'il mette le *Cavalier* en orbite. Nous fixerons un rendez-vous, j'emprunterai un scaphandre, et je quitterai cette caisse à savon pour me retrouver sur un vrai vaisseau.

— Dash, pourquoi ne rejoins-tu pas l'Alliance ? demanda Luke. Tu es un type de valeur et nous n'en aurons jamais trop.

— Merci, Skywalker, mais je ne peux pas accepter. Je ne suis pas du genre à embrasser une cause. (Il soupira.) Cela dit, après ce cirque, je doute fort que l'Empire me porte dans son cœur...

— Merci pour la balade, dit Dash dans la radio.

Non sans se plaindre de la puanteur du scaphandre, le mercenaire avait regagné son vaisseau.

— On fait la course ? demanda Luke.

C'était son tour de piloter. Lando était assis à côté de lui et Leia se tenait debout entre eux.

— Tu veux un parsec d'avance ?

Soudain, un rayon lumineux apparut entre les deux vaisseaux. Quelqu'un leur tirait dessus.

— On dirait que nous avons de la compagnie...

— Une corvette sans identification, annonça Lando. Et une nuée de chasseurs.... Ce ne sont pas des Impériaux. Alors, bon sang, qui est-ce ?

— On s'en fiche ! dit Luke. Il faut partir d'ici ! Chewie, les canons !

— Tu as entendu les ordres, boule de poils ? lança Leia. Tu veux que je t'accompagne ?

Chewie grogna. La princesse et lui s'en allèrent.

— Bonne chance, Dash ! cria Luke.

— Toi aussi, gamin !

Skywalker poussa à fond les propulseurs auxiliaires. Un nouveau rayon jaillit, s'écrasant contre les boucliers.

Le *Faucon* vibra. Il fallait quitter au plus vite ce système et sauter dans l'hyperespace.

Un autre rayon fit mouche. Par bonheur, les boucliers tenaient.

Lando activa l'intercom :

— Hé, vous deux, c'est pour quand, les ripostes ?

Chewie et Leia répondirent, mais Skywalker était trop occupé pour comprendre ce qu'ils disaient.

Histoire de se dégager du rayon de tir de la corvette, il effectua un demi-tour acrobatique et mit les gaz.

— Chewie veut savoir comment il est censé faire mouche alors que tu pilotes comme 6P0, dit Lando.

— Il ne peut pas manquer sa cible, il y en a partout ! Qu'il tire, je me fiche de savoir où !

Une forme noire passa à côté d'eux. C'était le *Cavalier*, qui faisait feu de tous ses canons.

Devant le *Faucon*, un chasseur se désintégra.

— Tu vois comment il faut faire, Chewie ? dit Lando.

Le Wookie répondit quelque chose qu'il valait mieux ne pas traduire.

Luke fit rapidement le point. Leurs assaillants les avaient encerclés. Il semblait n'y avoir aucune issue. Avec son aile X, peut-être aurait-il pu...

Hum... Non, un chasseur de plus ou de moins n'y aurait rien changé.

Ils étaient dans de sales draps.

Un chasseur adverse fonça sur eux, ses armes crachant un plasma mortel.

Soudain, il explosa, et le *Faucon* traversa sans dommage le mini-champ de débris.

— Bien tiré ! cria Luke. Qui a fait ça ? Leia ?

— Non, je suis trop occupée par les chasseurs qui harcèlent nos flancs. Ça doit être Chewie.

Le Wookie grogna quelque chose.

— Il dit que ça n'est pas lui non plus...

Alors qui ? se demanda Luke.

Une voix se fit entendre dans la radio :

— Salut, Luke ! Tu nous invites à la fête ?

— Wedge ! Que fais-tu dans le coin ?

— On t'attendait. Le droïd de Dash nous a envoyé un signal de détresse. Désolé d'avoir mis si longtemps à venir.

Un autre chasseur se transforma en boule dc feu.

— Je te pardonne pour cette fois, mais ne recommence plus ! dit Luke.

Il sourit. Avec les Baroudeurs à leurs côtés, les chances s'amélioraient.

Il fit décrire un arc de cercle au *Faucon*.

— Il semble y avoir un petit problème, votre Grâce, dit le commandant.

Les yeux rivés sur l'écran où il voyait les chasseurs exploser, Xizor haussa les épaules.

— J'avais cru remarquer... Pourquoi vos vaisseaux se font-ils abattre ?

— Nous combattons à vingt contre un, prince. Les frégates attendent, au cas où nos ennemis parviendraient à échapper aux chasseurs et à la corvette. Ils ne pourront pas s'échapper...

— Espérons que vous ne vous trompez pas, commandant...

Vador marchait nerveusement sur le pont de l'*Executor*.

— Dans combien de temps entrerons-nous en orbite ?

— Quelques minutes, seigneur, répondit un commandant, fort nerveux.

— Dès que nous serons à portée de communications, contactez le Poing du Falleen. Je veux parler au prince Xizor.

— Compris, seigneur.

— Je crois qu'on a de gros problèmes, mon gars..., dit Dash.

Il semblait calme, mais également... résigné.

— Ton avis, Wedge ? demanda Luke.

— Je crois qu'il a raison. Ces types ne sont pas des génies du pilotage, mais ils ont l'avantage du nombre. On doit être encore à un contre quinze, et des frégates attendent à l'écart. On ne peut ni fuir ni manœuvrer. Ils finiront par nous avoir...

— Bonne analyse, dit Luke. Je propose qu'on essaye d'en emmener le plus possible en enfer avec nous ! A moins que quelqu'un ne veuille se rendre ?

Dash et Wedge éclatèrent de rire.

— C'est bien ce que je pensais... Que la Force soit avec vous, mes amis !

Luke pilota comme il ne l'avait jamais fait. La Force l'aidant, il vola tel un aigle qui affole une nuée de moineaux.

C'était grandiose... et parfaitement inutile. Tôt ou tard, lui et ses compagnons perdraient la bataille.

D'autant que des chasseurs Tie venaient de rejoindre leurs adversaires.

— Les carottes sont cuites, dit Lando.

— Oui... Je me demandais ce qui les retenait... (Skywalker tourna la tête vers son copilote.) Lando, merci pour tout. Tu as été un ami fidèle.

— Arrête tes âneries ! Je le suis toujours, et j'ai l'intention de le rester.

Luke regarda de nouveau les Tie. Il n'y avait pas de solution. C'était comme vouloir traverser une averse de grêle sans être touché.

Les Tie ouvrirent le feu... et désintégrèrent plusieurs chasseurs non identifiés.

— Hein ? dit Lando.

— Luke ! cria Leia dans la radio, je viens de voir...

— Je sais... je sais... Que se passe-t-il donc ?

Xizor reconnut sans peine la panique dans la voix du commandant.

— Votre Grâce, nous sommes attaqués par la flotte de l'Empire !

A côté de l'officier, un radio agitait les mains pour attirer l'attention du prince.

Le Falleen le regarda froidement.

— C'est important, j'espère ? Sinon, tu es un homme mort...

— Le seigneur Vador... Il veut vous parler, prince.

Vador ! J'aurais dû m'en douter !

— En visuel !

L'image du second de l'Empereur se matérialisa devant Xizor.

— Dark Vador, que signifie cette attaque ?

— Vos vaisseaux se livrent à des activités criminelles, prince. Il est normal que j'intervienne.

— Absurde ! Mes navires tentent d'arraisonner un chien de Rebelle qui a détruit mon chez-moi !

— Vous avez deux minutes pour rappeler votre flotte. Ensuite, j'entends que vous vous rendiez à moi...

La colère fit exploser la carapace d'équanimité du prince.

— Je refuse d'obéir ! J'exige de discuter de tout ça avec l'Empereur.

— Le maître n'est pas là. En son absence, je parle au nom de l'Empire, Xizor.

— *Prince* Xizor !

— C'est bien votre titre... pour deux minutes encore.

Xizor s'autorisa un sourire arrogant.

— Qu'allez-vous faire, seigneur ? Détruire mon satellite ? Impossible ! L'Empereur...

— Je vous avais prévenu de ne pas attaquer Skywalker. Rendez-vous, ou assumez les conséquences de votre folie !

Dépassé, le chef de la flotte du prince avait appelé son maître. Vador espionnait la communication, décodée en temps réel par ses techniciens.

— Prince, nous allons être massacrés. L'ennemi est trop puissant. Je demande la permission de me rendre ! Prince ?

Dark Vador regarda les secondes s'égrener sur l'horloge de bord. Le prince n'avait plus beaucoup de temps.

Sept secondes... Six...

L'officier continuait à plaider sa cause.

— Prince Xizor, répondez, je vous en prie. Nous devons nous rendre ! Pourquoi sacrifier tant d'hommes et de matériel ?

Quatre secondes... trois...

— Votre Grâce, je...

La transmission cessa abruptement. Les Tie devaient avoir abattu le vaisseau amiral.

Deux... Une...

— Commandant, détruisez le satellite ! ordonna Vador.

On ne restait pas longtemps sur l'*Executor* quand on discutait les ordres du seigneur.

— Compris !

Oubliant pour une fois ses poumons ravagés, Dark Vador prit une profonde inspiration.

Adieu, prince Xizor ! Et bon débarras...

Le *Faucon Millenium* était face au satellite quand il explosa.

Luke vit un rayon jaillir du superdestroyer et faire éclater comme une noix le planétoïde. Transformé en nova, il brilla un instant, puis s'éteignit comme une bougie soufflée par le vent.

Ce déchaînement de violence lui rappela l'explosion de l'Etoile Noire.

— Eh bien, dit Lando, ces gens avaient dû taper *sérieusement* sur les nerfs de quelqu'un...

Luke hocha la tête en silence.

— Réveillez-vous, les gars ! cria Dash dans la radio. Et suivez-moi !

Luke sursauta.

— Pardon ?

— Quelqu'un vient de nous ouvrir une porte de secours !

— Tu es fou ! On ne peut pas passer à travers ce champ de débris.

— Tu te dégonfles, gamin ?

— Si tu peux le faire, 6P0 réussirait sans ses capteurs optiques ! En route !

Luke approuvait le plan de Rendar. Ce serait difficile et dangereux, mais l'espace, autour du satellite détruit, était dégagé. S'ils parvenaient à ne pas se faire écraser par les débris, ils pourraient fuir.

Ils se mirent en route, ravis à l'idée que le Bien allait encore une fois triompher du Mal.

Alors Lando cria :

— Fais gaffe, Dash !

Du coin de l'œil — car il slalomait parmi les débris — Skywalker vit un énorme fragment de métal percuter le *Cavalier*.

— Dash !

Une lumière aveuglante força Luke à fermer les yeux. Quand il les rouvrit, le *Cavalier* avait disparu.

— Bon sang ! grogna Lando. Il... il... n'est plus là...

En une fraction de seconde, Dash Rendar avait été rayé du monde des vivants.

Dans la bouche de Luke, la victoire à venir prit soudain un goût amer.

Mais ce n'était pas le moment de pleurer.

— Accrochez-vous ! Ça va secouer !

Ils avancèrent, frôlant la mort à chaque seconde. Luke était navré pour Dash — un brave type, tout compte fait — mais il n'avait pas l'intention de finir comme lui.

Il laissa la Force le guider...

La base secrète de l'Alliance était à des années-lumière de la Cité Impériale et le *Faucon* avait eu quelque difficulté à arriver en un seul morceau. A part ça, tout allait bien.

Luke, Leia, Lando et Chewie étaient debout côte à côte. Derrière eux, 6P0 et D2 discutaillaient comme à leur habitude.

A l'instar de bien des bâtiments de la Rébellion, l'immeuble était en préfabriqué, et pas le plus cher ! Il possédait quand même une baie en transparacier d'où on pouvait contempler l'espace.

— Si Xizor était vraiment sur le satellite, comme l'affirment nos agents, dit Lando, tu ne devrais plus avoir de tueurs du Soleil Noir à tes basques.

— Il reste Vador..., rappela Leia.

Luke la regarda et hocha la tête.

— Je ne crois pas qu'il me veuille mort. Pas déjà, en tout cas. Nous réglerons nos comptes quand l'heure aura sonné.

Ils tournèrent la tête pour accueillir Wedge, qui approchait à grands pas.

— J'ai un message pour toi, Luke, dit-il. Il provient des Bothans. Il était adressé à Dash, mais... Hum... Vous vous souvenez du missile qu'il pensait avoir manqué, pendant la bataille de Kothlis ?

— Et alors ? s'enquit Skywalker.

— Il ne l'avait pas raté. L'Empire utilise un nouveau blindage. Dash ne pouvait rien pour arrêter le missile. Les Bothans voulaient qu'il le sache.

Luke était assommé. Rendar n'avait pas manqué son coup, mais jamais il ne le saurait ! Quelle horreur de mourir avant d'avoir appris qu'on n'était pour rien dans la mort de ses camarades.

— Et maintenant, qu'allez-vous faire ? demanda Wedge.

— Tenter de sauver Yan, répondit Luke. S'il n'est pas encore sur Tatooine, ça ne saurait tarder...

— Vous pensez pénétrer dans le palais de Jabba en claquant des doigts ?

— J'ai un plan, dit Luke.

Il regarda les étoiles. S'il n'était pas encore un Maître, il avait appris beaucoup de choses !

Pour le moment, être un Chevalier Jedi lui suffisait !

ÉPILOGUE

Dans les appartements privés de l'Empereur, Dark Vador se tenait devant son maître, un genou à terre. A l'évidence, il avait des raisons de s'inquiéter.

— Tu as désobéi à mes ordres, Vador !

— C'est vrai, mais je ne vous ai pas trahi...

— Relève-toi !

Vador s'exécuta.

L'Empereur lui fit un de ses terribles sourires.

— Je sais que Xizor complotait et que tu as contrarié ses plans. Je me doutais depuis le début que c'était un traître.

Vador préféra ne rien dire.

— Est-on certain de sa mort ?

— Je ne vois pas comment il aurait pu survivre. J'ai vu le satellite exploser.

— C'est parfait. Le Soleil Noir nous est utile, mais il se révèle parfois gênant. De toute façon, quand on lui coupe une tête, une autre repousse.

L'Empereur gloussa, fier de sa métaphore.

— Le prochain prince sera aussi dangereux...

— Aucun maître du Soleil Noir ne rivalisera jamais avec la puissance du Côté Obscur.

— Et où en sommes-nous du plan qui vise à éliminer les chefs rebelles ?

— L'Etoile Noire les attirera comme un aimant, et nous les écraserons. Cette fois, ce sera la fin de la Rébellion.

Vador acquiesça. Comme toujours, l'Empereur voyait plus loin que lui.

— Skywalker sera de la partie. Je l'ai vu... (Vador soupira.) Tout se passe selon mes prévisions, seigneur Vador, ajouta l'Empereur.

Le père de Luke sentit un frisson courir le long de sa colonne vertébrale. Dans la galaxie, personne ne maîtrisait le Côté Obscur mieux que le vieil homme, et il connaissait fort bien l'ultime faiblesse de son âme damnée.

Son fils !

Malgré tous ses efforts, quelque chose d'Anakin Skywalker subsistait en Vador. Il devrait y remédier, ou cela causerait sa perte.

Dans la maison de Ben Kenobi, sur Tatooine, Luke Skywalker respira à fond pour se calmer. Il semblait peu probable que Jabba accepte de négocier, mais c'était une chance à courir, même si aucun d'eux n'y croyait. Le Hutt était têtu à l'extrême, et il n'avait pas besoin d'argent. Dommage !

S'il refusait, il leur faudrait emprunter le chemin le plus difficile. Une vieille habitude, en somme...

— D2, commence à enregistrer.

Le petit droïd bipa.

— Je te salue, grand Jabba. Mon nom est Luke Skywalker. Chevalier Jedi, je suis aussi un ami du capitaine Solo. Je sais que tu es puissant, seigneur, et que ton courroux contre Solo est légitime. Cependant, m'accorderais-tu une audience pour que nous mettions sa vie aux enchères ?

Si ce qu'on disait était vrai, Jabba éclaterait de rire en entendant ça. Luke continua :

— Connaissant ta sagesse, je suis sûr que nous pourrons trouver un accord et éviter une confrontation désagréable.

C'était peu probable, mais il poursuivit :

— Comme preuve de ma bonne foi, je t'offre un présent : ces deux droïds...

Luke eut un certain mal à s'empêcher de sourire en imaginant la tête de 6P0 quand il écouterait l'enregistrement. Il avait songé à le prévenir, mais ç'aurait été cruel. Le droïd s'affolait si facilement ! De plus, sa surprise aiderait à convaincre Jabba.

— Tous deux travaillent dur, et ils te serviront bien.

Il regarda D2 et leva un sourcil. Le droïd cessa d'enregistrer.

— Tu crois que ça marchera ? demanda Leia.

— J'espère... Mais il n'y a qu'un moyen de le savoir...

La princesse approcha et lui posa une main sur le bras.

— Et puis, ajouta Luke, pourquoi s'en faire ? Sauver ce bon à rien de contrebandier ne devrait pas être trop difficile !

— Bien dit ! approuva la princesse avec un sourire.

Tiens le coup, Yan. On arrive !

POCKET junior

STAR WARS™

LA GUERRE DES ÉTOILES

De Kevin J. Anderson & Rebecca Moesta

Les jeunes chevaliers Jedi 1
Les enfants de la force

Depuis la défaite de l'Empire, les années ont passé. Jacen et Jaina, les enfants jumeaux de Leia et de Yan Solo, viennent d'intégrer l'Académie Jedi fondée par Luke Skywalker. Avec leurs amis Tenel Ka et Lowbacca, ils décident d'explorer la jungle. Un jour, les quatre adolescents découvrent l'épave d'un chasseur Tie. Par défi, ils entreprennent de le remettre en état. Dans l'ombre, on les épie, on attend cet instant depuis vingt ans...

Les jeunes chevaliers Jedi 2
Les cadets de l'ombre

Même vaincu, l'Empire ne désarme pas. Il garde une arme secrète : le Côté Obscur de la Force. Un ancien élève de Luke, Brakiss, forme un commando de Jedi Obscurs. Bientôt une superbe occasion s'offre à lui : enlever Jacen et Jaina Solo, rien de moins ! Parviendra-t-il à les rallier au Côté Obscur ? Ou Luke Skywalker, parti à la recherche des jumeaux, arrivera-t-il à temps pour les sauver ?

Les jeunes chevaliers Jedi 3
Génération perdue

Sur Coruscant, Jacen et Jaina savourent les joies des vacances en famille. Par hasard, ils rencontrent un de leurs « vieux » amis, Zekk. Orphelin, le garçon vit dans les rues où il goûte la liberté avec l'insouciance de l'adolescence. Face aux jumeaux, il se sent comme un sale gosse sans intérêt... Qu'il se détrompe ! Son potentiel est énorme, et il fascine une entité maléfique, un monstre qui sait attirer à lui ceux qui n'ont plus rien à perdre !

De Paul & Hollace Davids

La saga du Prince Ken 1
Le gant de Dark Vador

L'empereur est mort, les Rebelles ont proclamé la république. Mais Kadann, le Prophète Suprême du Côté Obscur, prédit qu'un nouvel empereur se dressera bientôt. À la main, il devra porter le gant du Seigneur Noir. Et ce défi-là, Trioculus, le mutant aux trois yeux, est prêt à le relever.

La saga du Prince Ken 2
La cité perdue des Jedi

Ken a douze ans. Élevé par deux droïds au fond d'une ville souterraine, il est heureux de rencontrer Luke Skywalker, qui promet de lui faire découvrir l'espace. Mais Kadann, le Prophète Suprême, a prédit qu'un jeune prince Jedi causerait la perte de Trioculus et l'imposteur, fou de rage, arrive pour éliminer le gêneur.

La saga du Prince Ken 3
La vengeance de Zorba le Hutt

Yan et Leia ont des projets d'avenir. Mais Trioculus verrait bien la princesse en impératrice du Côté Obscur ! Là-dessus Zorba le Hutt, revenant sur Tatooine, apprend que c'est Leia qui, de ses blanches mains, a tué son fils Jabba. Le père monstrueux médite une atroce vengeance.

La saga du Prince Ken 4
Le Prophète Suprême du Côté Obscur

Une planète qui meurt ; une prophétie mortelle pour l'Alliance... Sur le mont Yoda, dans leur forteresse, les Rebelles continuent la lutte. Mais un visiteur leur apporte une terrible nouvelle : Kadann, le Prophète Suprême du Côté Obscur, veut récupérer le corps congelé de Trioculus pour prendre le contrôle de l'Empire.

La saga du Prince Ken 5
La reine de l'Empire

Yan Solo demande Leia en mariage. Mais Zorba le Hutt, toujours avide de vengeance, enlève la princesse et la livre à Trioculus, qui rêve d'en faire sa femme. Leia hésite. Pour devenir la reine de l'Empire, doit-elle céder au Côté Obscur ? La mariée est prête à dire oui — mais pour quelles noces ?

La saga du Prince Ken 6
Le destin du Prince Jedi

Kadann poursuit sa conquête. Bientôt, il régnera sur un nouvel Empire. Mais les combattants de l'Alliance sont prêts à lui barrer la route. Dans la Cité Perdue des Jedi se joue le destin d'un prince à la recherche de son identité. Comme Luke, fils de Dark Vador, Ken devra apprendre à vivre avec son terrible héritage.

De Christopher Golden

Novélisation du jeu micro
Les ombres de l'Empire

L'Empire a réussi sa contre-attaque, Dark Vador va capturer Luke. Mais Xizor, parrain d'un syndicat du crime, veut être le premier à s'emparer du jeune Rebelle : dans cette chasse à l'homme, le vainqueur pourra liquider les derniers Rebelles... et conquérir la faveur de l'Empereur.